誘惑コンプレックス

プロローグ　ありえない失態

それはある金曜日のこと――呑んだことのない種類のお酒で深酔いし寝てしまった私は、とんでもない夢を見ていた。

誰にも見せたことのなかった生まれたままの姿を、男の人の前に晒《さら》しているのだ。

「ぁ……っ……んんっ……」

ゴツゴツした大きな手に直《じか》に胸を揉《も》みしだかれ、自分のものとは思えないほどのいやらしい声をこぼす。

指が食い込むたびに、胸が見たことのないような形に変わっていく。

「こんな胸をしていたのか。想像よりもずっと可愛くて、綺麗だ」

「あっ……しゃ、社長……」

その男の人は、なんとうちの会社の社長である君島晃《きみじまあきら》さん。

そう、私は社長とホテルでエッチするという、ありえない夢を見ていた。

胸の感触を楽しんでいた社長は、胸を持ち上げるように根元から掴《つか》み、強調された先端をチロリと舐《な》めた。

「ひゃぅっ……！」

それから舌先で乳輪をくるくるなぞられると、先端がプクリと起《た》ち上がる。次《つ》いでまた硬くなった先端を舐《な》められ、身体が大きく跳ね上がった。

「や……っ……ン」

社長は見せつけるように舌を動かして、胸の先端をちろちろと舐《な》め続ける。

くすぐったくて、でも気持ちよくて……触れられてもいないお腹の奥が熱く疼《うず》いてしまう。

短く整えられたサラサラの黒髪、凛々《りり》しい眉、指紋一つついてないピカピカの眼鏡の奥には切れ長の目、シュッと通った高い鼻、形のいい唇——思わず見惚《みと》れてしまうほど綺麗な顔立ちだ。そんな彼に胸や足の間にある恥ずかしい場所を舐《な》められると、羞恥心《しゅうちしん》が燃え上がる。

「これは嫌か？」

「い、嫌……じゃないです。でも……んっ……く、くすぐったくて……ぁんっ……」

ああ、なんて夢見ちゃってるの……！

こんなの失礼すぎる！　早く目覚《めざ》めなきゃ！

……とは思わなかった。それどころか気持ちよすぎて、目覚《めざ》めたくない！　なんて思っていた。

「ぁっ……んんっ……しゃ、社長……っ……んっ……あっ……あン……！」

初めて味わう快感に、とろけてしまいそうだった。

「……っ……い、痛……っ」

そして身体の中に初めて男性を受け入れる痛み……下半身が引き裂《さ》かれてしまうんじゃないかと

思うぐらいの痛みだ。

――それは、ひどくリアルな感覚だったのに、私は夢だと疑わなかった。

だって社長とこんなことになるなんて、夢でしかありえないから……

けれど翌日目を覚《さ》ました私は、青空もビックリするほどに真っ青になっていた。

「嘘……」

嘘でしょ!? 誰か、嘘って言って!

なぜなら私が寝ていたのはホテルのベッドで、隣に社長が眠っていたからだ。

仮面一　仮面が壊れた日

私は仮面を被《かぶ》って生きている。

今までも、そしてこれからも――この仮面を外すことは永遠にない。

ないったら、ないっ！　……うん、ないっ！

『あーあ、可愛くなりたいな。杉村《すぎむら》さんくらい可愛かったら、人生変わるんだろうなぁ～』

その台詞《せりふ》を私は今まで何度聞いただろう。

私、杉村莉々花《りりか》は今から二十六年前に、ごく普通の家庭の一人娘として生まれた。特に秀《ひい》でた才能や特技もないし、成績や運動神経はよくも悪くもない。いつも平均にいるような普通の人間だ。ただ普通じゃなかったのは、容姿である……。自分で言うなって突っ込まれてしまうかもしれないけれど。

生まれてくる際になぜか遺伝子が張り切ってしまったらしくて、両親やご先祖様から選《え》りすぐりのパーツを集め、絶妙に配置した結果――誰もが羨《うらや》むような容姿になったのだ。

目はぱっちり二重だし、まつげエクステをしているとよく間違われるので、まつ毛も多いらしい。鼻は高すぎず、低すぎず、整った形だと両親は言っていた。どうやら母方の祖母似のようだ。唇はふっくらしていて少し厚め。辛いものを食べすぎて腫《は》れた唇みたいで自分ではあまり好きじゃないけれど、人からは芸能人の誰々さんみたいな唇だね、と言われる。これは父親似の唇だ。父はもっと薄い唇がよかったと、私と同様に自分の唇を好《す》いてはいないらしい。

肌の色は白いほうだ。父方の遺伝で長時間日に当たっても、赤くなって痛くなるだけで少しも黒くならない。肩まで伸びた髪は、よく染めていると誤解される薄茶色。しかも、パーマに間違われるような癖がある。

身長は百六十センチ、母が太りにくい体質なのが遺伝したようで、私もいくら暴飲暴食をしても太らない、というよりも、太る前に胃を壊すので四十五キロ前後をキープしている。

ここまで言うと自意識過剰のとんでもないナルシストに聞こえるかもしれないけれど、誰もが知っている有名なところから、聞いたことのないところまで、様々な芸能事務所からスカウトされたことがある……と言えば、証拠になるだろうか。

今まで出会った人の多くは、私が自分の容姿にさぞ満足していると思っているだろう。いや、実際に言われてきたので思っているはずだ。

だけど力強く言いたい。誤解です！　謙遜《けんそん》でもなんでもなくて、本当に誤解なのだ。

私はむしろ自分の容姿が大嫌いで、できることなら中身と同じく平々凡々に生まれてきたかったと心から思っている。

なぜならこの容姿のせいで、物心付いた頃から悲惨《ひさん》な目にしかあったことがないからだ。

まず初めにある記憶は、母が父方の親戚から嫌味を言われているところだ。

あまりに整いすぎて、父と顔立ちが似ていない。父の子じゃないのでは？　と、父がいないところでしつこく尋ねられ、うんざりしていた。

パーツの一つ一つを見ていけば父方、母方、両方に似ていることがわかる。だけど、ただ母をいびることでストレス解消がしたかったのか、親戚で集まるたびそんな嫌味を言われていたのを知っている。

親戚間で波風を立てたくないと思った母は、自分だけ我慢していれば事を荒立てずに済むからと、そのことを父に黙っていた。だけど、実は近くでそれを聞いていた私が不安になって、『私はお父さんの子供じゃないの？』と大泣きしながら父に直接聞いたことでバレてしまったのだ。

ブチ切れた父は、『俺の娘に決まってるだろうが！　信じられないなら証明でもなんでもしてやる！』と、ＤＮＡ鑑定までして親戚を黙らせたのだった。

父と母はその一件を乗り越えたおかげで、元々よかった夫婦仲をさらによくしたようだった。けれど私は、親戚に言われた醜《みにく》い言葉が耳にこびりついて、なんとなく自分の顔を鏡で見るのが嫌になり始めた。

しかもＤＮＡ鑑定の費用で家計が圧迫されたせいで、しばらくの間おかずはとても質素なものだった。

次に記憶しているのは、小学校に上がったばかりの頃だろうか。今思うとゾッとする出来事があった。友達と遊んでいて、ほんの少しだけ一人になるタイミングがあった時、それを見計らったように中年の男性にいきなり担《かつ》ぎ上げられて、連れ去られそうになったのだ。

幼すぎてその意味をわかっていなかった私は恐怖を感じるよりも驚いて、『おじさん、誰!?』と、大きな声で騒いだ。運よく近くに大人たちがいたので、気付いてもらえた。

大人たちが慌てて駆けつけると男性は私を乱暴に下ろし、そのままどこかへ逃走したらしい。警察にも通報したけれど、未だに犯人は捕まっていない。

そのこともあり、私は両親の付き添いナシでは遊びに行くことを禁止され、小学校の登下校も両親のどちらかの車に乗ってすることになった。

大人になった今は、働きながら毎日私の登下校の送迎をするなんて大変だっただろうな、本当に有難い……と好意的に考えられるけれど、当時の私はそれが嫌でたまらなかった。みんなは友達同士で帰っているのに、自分だけが両親の車で帰るなんて寂しかったし、お前だけ車で通学なんて狡《ずる》いと毎日言われて辛かった。

それから小学三年生の夏、私には初めて好きな人ができた。

『そのペンケース可愛いね』

『ありがとう！　お気に入りなんだ』

『どこで買ったの？　妹が好きそうだから、今度の誕生日に同じの買ってあげたいんだけど……』

『えっとね……』

席替えで隣になった男子、大木《おおき》くんと自然と仲よくなり、気が付くと好意を持つようになっていた。けれどその男子は、クラスのリーダー的な存在である女子、奈々子《ななこ》ちゃんの意中の人だったらしくて、彼と話すたびに文句を言われるようになった。

『ちょっと莉々花ちゃん、大木くんと話さないでよ』

初めはこの程度だった。

『どうしてそんなこと言うの？』

『とにかく話さないでったら、話さないでっ！　少しぐらい可愛いからっていい気にならないでよねっ！　わかった!?　奈々子の言うことは絶対なんだからっ！』

話さないでと言われても隣の席だし、授業で必要な時もある。それに好きな人とはキッカケを見つけて、たくさん話したいものだ。

顔のことでいい気になったことなんて一度もない。それにどうして奈々子ちゃんに言われた通りにしなければいけないのだろうという反抗心もあり、私は彼女の文句を気にしないようにして、普通のクラスメイトと同様に大木くんと会話し続けていたのだけど……

自分の言う通りにしなかったことに腹を立てた奈々子ちゃんは、クラス中の女子たちにあらぬ噂を流し始めた。

『莉々花ちゃんがね、みぃちゃんのことすっごいブスって言ってたよ〜』

『えー、なにそれ……』

『酷《ひど》いよね。ちょっと可愛いからっていい気になってさー……』

言ってもいない悪口を言ったことにされて、私はあっという間にクラスで孤立してしまった。どんなに弁明しても信じてもらえなくて、親しかった友達や大木くんも嫌われ者の私を避けるようになった。

しかも奈々子ちゃんとは中学三年生まで同じクラスだったため、中学校でも暗黒の三年間を送るはめに……

奈々子ちゃんの流す噂は年齢を重ねるたびにグレードアップしていった。最初は『みぃちゃんのこと、すっごいブスだって言ってたよ〜』なんて可愛いレベルだったのに、中学校三年生の時には『莉々花ちゃんってすっごい男好きで、彼氏をとっかえひっかえしてるらしいよ〜。性病にもかかったことあるんだって！』や『莉々花ちゃんって、整形してるらしいよ。整形代稼《かせ》ぐために身体売ってるらしいよ〜』などといったとんでもなくハイレベルなものに変わっていった。

私の持ち物を見て『そういう可愛いの持つのは、男受け狙ってるからでしょ？　モテるために必死〜っ！』などと通りがかりに小さな声で言われる日々。ある時は体育の時間に着替えていると『莉々花ちゃんの下着ってなんかエロくない？　帰りに男と会うからなんでしょ？』と大きな声で言われて、その場にいた女子全員にジロジロ見られたり……

奈々子ちゃんは目立つグループにいたから、そのグループからはもちろん嫌われ、噂を信じた大人しいグループの女子からも嫌われた……というより、不良扱いされて恐れられていた。

奈々子ちゃんが流した、くだらない噂を信じた男子数名から陰で『いくら出せばやらせてくれるの？』と尋ねられたこともある。ちなみにその中に、当時私が密《ひそ》かに憧《あこが》れていた先輩もいて、もちろん光の速さで幻滅《げんめつ》した。

中学生になってからは、もう小さな子供じゃないんだから大丈夫だと両親の送迎を断って一人で登下校していた。だけど、いきなり知らない男性から『可愛いね』と話しかけられて、それ以降つけ回されるようになってしまい、また車での送迎に逆戻りだ。こうして自分の顔がどんどん嫌になって、とうとう大嫌いになった。

太れば少しは見た目が変わるかも!?　と思い立ち、一時期は逆ダイエットに励んだこともある。

夜中に高カロリーなものを食べれば太る、食べた後にすぐ寝ると太る、などと聞いたことがあるので、目覚《めざ》ましをかけて深夜に起きて、お菓子や夕方こっそり買っておいたコンビニ弁当をガツガツ食べてすぐ寝る生活を三日ほど続けたところで胃を壊した。それで一週間も学校を休むはめになったのだった。

どうしてこうも不運なのだろう。母のお腹の中で、この顔立ちや体質を形成した時、胎児にして一生分の幸運を使い果たしたに違いない。

一人に与えられた幸運が百あるとして、みんなは長い人生でその幸運を万遍《まんべん》なく使っていくところを、私はいっぺんに……という仮説まで立ててしまう。いや、もしそうだったとしても、考えたってどうにもならない。

今後の人生をどう快適に生きていくか、考えなければ……

小中学校の同級生から離れたくて、私は知っている人が一人もいないであろう遠くの高校への進学を決めた。自分の学力よりも少し上の学校だったから死に物狂いで勉強し、見事合格。

暗黒の学生時代はもう終わり！　高校生になったら友達を作って、高校ライフを充実させるんだ！　……とはいえ、この顔のせいでまた嫌なことが起きるかもしれない。

やだなー、怖いなー……って怯《おび》えてるだけじゃなくて、予防策を取らなければ！

中学を卒業してからの春休み期間は、なにかいい方法はないかとそればかり考えていた。でも全然思い浮かばない。少しだけ気分転換しようとテレビを付けると、可愛く笑う美少女が映っていた。

彼女の名前は日下部《くさかべ》シュリちゃん。歌手、モデル、役者、様々な分野で活躍していて、歳は私と大して変わらないと記憶している。

こんなに綺麗で可愛かったら、さぞかし大変な人生を送ってるんだろうなぁ……

なんとなく興味が湧いて、パソコンでその子の名前を検索した。多少彼女をけなすような意見も出てきたけれど、それ以上に出てくる、出てくる！　絶賛の嵐！　しかも男性じゃなくて、女性からの称賛の声が圧倒的に多い。

こ、これは何事……!?

衝撃を受けた私は、シュリちゃんについて徹底的に調べることにした。

『可愛いのに、気さくでサバサバしてるよね。気取ったところがなくて親しみやすい。友達になりたい！』

『ちょっとおっさんっぽいよね。間食はいつもスルメ食べてるんだって（笑）。あんな可愛いのに、すっごいギャップ！　でもそこがいい！』

『シュリちゃんが私の好きなアイドルと共演していても、全然嫉妬《しっと》しない！　異性に媚《こ》びる感じがまったくないし、スキャンダルとは無縁そう。可愛いのに彼氏もいらないらしいよ』

『ドラマとかの衣装は可愛い系が多いけど、プライベートの服はシンプルで好感が持てる』

まとめると女っぽさを感じない、ちょっぴりオヤジな性格で、持ち物や服装や好む食べ物は、可愛いものよりもシンプルで女を感じさせないもの！　異性に媚《こ》びない！　彼氏なんて興味がないという女の子が同性から好感を持たれるようだ。

もしやこの子を見習えば、私も女子から好《す》いてもらえる!?　というか、奈々子ちゃんの悪い意味での功績も大きかったけれど、今までの私の態度は彼女の噂を助長するぐらい、女子から反感を買ってしまうものだったのかも……!?

こ、こ、これだ――……！

あまりに名案すぎて、頭の天辺《てっぺん》に雷が落ちてきたみたいな衝撃が走った。

可愛いものが好きで、服装や身の回りのものをそういう系で揃《そろ》えているけれど、それは家だけで使うようにしよう。背に腹は代えられない。それから、男子とも関わらないように！　本当は高校生になったらドラマみたいな恋をしたい……なんて思っていたものの、実際ドラマに出てくるようなステキな男性なんていない気がしてきた。

だって今まで好きになった人は、私がクラスで嫌われ者になったら無視するようになったり、根も葉もない噂を信じて、いくらでやらせてくれるの？　なんて聞いてきたし、その他も変質者だったり、ストーカーだったり……

……とにかく二兎《にと》を追う者は一兎《いっと》をも得ずって言うし！　とりあえず恋愛は後回し！　同性の友達を作って高校デビューして、明るく楽しいスクールライフをエンジョイするぞ！

おっと、前準備もせずに本番を迎えては、キャラがぶれちゃうかもしれない。

新品のノートを用意して、偽《いつわ》りの自分の設定を書き込んでいく。

サバサバしていて、明るくて、元気で、人懐《ひとなつ》っこくて、男の子に媚《こ》びない！　それから、それから――……

興奮しているせいか力が入りすぎて、シャープペンの芯《しん》がボッキボキに折れるものだから、途中でボールペンに替えて書き込んだ。もしかしたら受験勉強よりも頑張ったかもしれない！

次に全財産を使って下着をすべてシンプルなものに買い替えた。これで体育の時に見られてもバッチリだ。中学校の時のものをそのまま使う予定だった文房具も、可愛さとはかけ離れたデザインのものを買った。自分で決めた設定を忘れないで演じれば完璧だ。

入学式前日は一睡《いっすい》もできず、当日は興奮状態のままの出席となった。結果から言うと、高校デビューは大成功だった。

偽《いつわ》りのキャラを前面に出したところ、入学一か月ほどで少し前までの私が見たら驚いてしまうほどたくさんの友達ができた。評判はシュリちゃんと同じで、気さくでサバサバしていて親しみやすいと上々だ。中にはこの性格でも反感を持つ人がいて、全員と仲よくなれるわけじゃないけれど、それは仕方がない。全員から反感を持たれずに仲よくなるなんて、超人でも無理だろう。

放課後の教室に残って他愛もない話をする時間、ファストフード店への寄り道、友達のいる体育祭に文化祭——毎日が楽しくて、キラキラ輝いて、一人でいる時とはまるで違って見えた。

『莉々花ってホント面白いよね！　私、莉々花と友達になれて嬉しいっ！　ね、今度買い物行った時さ、おソロのストラップ買おうよ！』

『う、うんっ！　買いたいっ！』

初めて特別親しいと思える友達もできた。偽《いつわ》りの仮面を被《かぶ》った私を好きだと言ってくれる友達……本当の私を見たら、どう感じるだろう。

いや、見せない。だって嫌われたくないから……

『四組の高見《たかみ》エリって、知ってる？　クラスで一番小っちゃくて可愛い子！　あの子さぁ、すっごい男好きだよね。男子が話しかける時と女子が話しかける時じゃ、全っ然、態度違うのっ！』

『あー、それうちも思った！　てか男子に話しかける時だけ妙に上目遣いじゃない？　声とかも甘ったるくてさぁ』

『やぁんっ！　倉木《くらき》くんのばかばかぁんっ！　エリ、そんなこと思ってないもぉんっ！』

『ぶっ……あはっ！　や、やばっ……似すぎなんですけどぉ～！』

他愛のない話の中には、他の女子の悪口もある。ああ、過去に私もこうやって言われてたんだろうな。

自分と重なって胸がチクチク痛み、さすがにその会話には参加できなかった。やっぱり男子と話したり、親しくしたりすると、女子から嫌われてしまうようだ。

『莉々花はさぁ、好きな子とかいないの？』

『うん、いないよ』

『じゃあさ、気になる人は？』

『いない、いない』

傍《はた》から見れば女子高生が恋バナをしている微笑《ほほえ》ましい光景だろうけれど、私にしたら尋問《じんもん》にかけられているような気分だ。

『じゃあさ、うちのクラスの中なら誰が好み？』

万が一答えを間違えれば、あっという間に過去の自分に逆戻りだ。

『好みとかよくわかんないし、あっ！　漫画でなら好みのタイプは言えるよ。ツーピースのルミ！あの胸には夢が詰まってるよねぇ～』

『あっはは！　おっさんくさいぞ！　しかもそれ女のキャラじゃん！　ていうか勿体《もったい》ない。こんなに可愛いのにぃ！　あ、そういえばユーコ、最近付き合い悪くなったと思わない？　彼氏ができてからちょっと変わったよね～』

『わかる！　彼氏優先になったよね。気持ちはわかるけど、そういうのはちょっとね～。前まではサバサバしてたのに、なんか最近は女を意識しすぎてるっていうかぁ』

昨日まで仲がよかった子も、男が絡めばすぐ敵となる。

こうなったら、徹底的に男子から遠ざからなきゃ……！　と、私はさらに男子から距離を置いた。

自分の作り出した仮面を守るのは大変だったけれど、それ以上に一人ぼっちになるのが怖かった。

また事実無根の噂を流されるのが嫌だった。

だから私は、今までもこれからも仮面を被《かぶ》り続けるのだ。

でも心の奥で、なにかが疼《うず》き出すこともある。

これはきっと気付いてはいけないものだ。それに気付いたら最後、二度と仮面を被《かぶ》れなくなるだろう。だから気付かないふりをして心の奥底に押し込め、仮面が外れないようにしっかりと固定する。

この仮面さえあれば、大丈夫――

◆◇◆

月日は流れ、現在――私、杉村莉々花は仮面を被《かぶ》り続けたまま、社会人六年目の春を迎えていた。

こっちにはこの色を……うーん、こっちのほうがいいかな？　でもこの色は印刷に出にくいんだよなぁ……

「杉村、ちょっといいか？」

「あ、はい！」

デスクでパソコンと睨《にら》めっこしながら仕事と格闘していると、社長からお呼びがかかった。

「パルファムの件ですか？」

「ああ、B案のデザインで決定だ」

「B案ですね。わかりましたっ！」

やった〜！　絶対B案がいいって思ってたんだよね！

高校卒業後、私はデザイン系の専門学校に二年通い、必死の就職活動の結果、卒業後は小さなデザイン事務所——〝君島デザイン事務所〟へ広告デザイナーとして就職することとなった。

私が入社した六年前は中心部から外れたビルの二階にオフィスを構えていたけれど、今では大きな事務所に成長。八人だったスタッフは三十名にまで増え、都心部にあるビルのワンフロアにオフィスを構えている。

会社が大きくなるにつれ、私も社会人として成長していった。

現在は大手アパレルメーカーの株式会社パルファムが新しく立ち上げる予定のブランドのロゴデザインやポスターの制作といった大きな仕事を任されて、忙しくも充実した日々を送っている。

昔から美術の授業が好きで、他の教科に比べたら割と成績がよかった私。高校卒業後の進路をなんとなくデザイン専門学校への進学に決めた。

学校ではデザインの基礎を学び、授業の一環として自治体や企業が行っているコンテストに積極的に参加するように言われていた。強制ではないので一度も応募しない人もいたし、私もあまりノリ気ではなかったけれど、せっかく入学したし一度くらいは……と出したコンテストで小さな賞をもらったのだ。小中学校時代は、よく『杉村さんって頭も普通だし、運動もできないし、取り柄《え》は顔だけだよね』と言われていたので、本当に衝撃だった。

コンテストの審査員は、私の顔じゃなくて、私の生み出した作品を見てくれる。顔以外の私を見てくれてるんだ……！

このことがキッカケで私はデザインの世界にどっぷりとのめり込み、現在に至る。気が付いたら『いつかはするぞー！』と思っていた恋愛には目もくれず、彼氏いない歴イコール年齢を更新中なのだけど……特に焦《あせ》ってはいない。

中学の時に憧《あこが》れだった先輩から、いくらでやらせてくれるのと聞かれてからは、誰かに心を奪われることもなかったし……日常的に痴漢《ちかん》や変質者にあっていると、世の中の男なんてみんなこうなんだ！　ドラマみたいな恋なんて都市伝説みたいなものなんだ！　変な男と恋愛するぐらいなら一人でいいや！　という気持ちになってしまう。恋愛に対して憧《あこが》れはあるものの、よーしっ！　恋愛をしよう！　彼氏見つけるぞーっ！　という気にはなれないのが正直なところだ。

傷付くぐらいなら、もう期待なんてしない。彼氏なんていらない。私はこの仕事があれば、それでいいや。

周りには恋愛経験ゼロだと知られたら奇異《きい》な目で見られるので、今まで付き合った男性が二人いる、という設定にしている。もちろん、誰かに聞かれても説明できるように、付き合った期間の年表とキャラ設定を極秘ノートに詳しく記してあるのでバッチリだ。誰かに見られたら恥ずかしさのあまり死んでしまうかもしれない。だからもし不慮《ふりょ》の事故やなんらかの理由で私が死んだ場合、このノートは中身を見ないで燃やして下さい、と表紙に書いて、ベッドの下に隠してある。

「B案を元にC案のカラーを生かしたものも見たいそうだ」

「わかりました。じゃあ、すぐに……」

「明日までにあればいい。昼休憩、しっかりとれよ。スルメや昆布《こんぶ》は昼飯じゃなくて、つまみだからな」

社長が自分の腕時計をツンと突《つつ》く仕草を見て、とっくにお昼の時間を回っていることに気付いた。

「はい、わかりましたっ！」

彼は君島晃社長、二十六歳まで大手広告代理店で営業職として経験を積み、それから独立して君島デザイン事務所を設立したすごい人だ。

入社した当時から『独立して社長になっちゃうなんてすごい！』と思っていたけれど、同じ歳になったことでさらに社長のすごさがわかるようになった。二十六歳で会社を立ち上げるなんて、しかもここまで大きい会社にできるなんて本当にすごい！

けれどすごいのはそれだけじゃなかった。サラサラでツヤツヤな清潔感のある黒髪、凛々《りり》しい眉、指紋一つついてないピカピカの眼鏡の奥には切れ長の目、シュッと通った高い鼻、形のいい唇——思わず見惚《みと》れてしまいそうなほど綺麗な顔立ちなのだ。

顔立ちだけじゃなくて、スタイルも素晴らしい。三十歳を超えても無駄な脂肪が少しも付いていないことは、スーツ越しでもわかる。顔を見ようとすると首が痛くなるほどの身長は、噂によると百八十センチ近いらしい。

クールビューティー……というのだろうか。こんなに綺麗な男の人を見るのは初めてだ。歳を重ねていくほど、その美しさが磨《みが》かれているような気がする。

無駄な話はしないし、飲み会の場でも社員との間に一線を引く姿勢を崩さない。プライベートは謎に包まれていて、付き合っている人がいるのか、結婚しているのかも不明らしい。女性社員やビルに入っている別会社の社員が何人か社長に告白し、あえなく玉砕《ぎょくさい》——その際に恋人や配偶者の有無を質問しても『答える義務はない』と一蹴《いっしゅう》されたそうだ。

みんな冷たいって言うけど、私はとても優しい人だと思う。

口数は多くないものの、残業が続いている社員には差し入れをして気遣ってくれるし、社員がどんどん増えていっても、社員一人一人のことをよく見てくれている。さっきもそうだ。私はいつも作業に夢中になると、昼食を抜いてスルメや昆布をかじってやり過ごそうとすることがあるのを、社長はしっかり見抜いている。

周りから気を遣われないように『ダイエットしてるので』やら『今日は朝食を食べすぎてしまってお腹が空《す》いてないので』などと適当に理由を付けても、社長にはそんな言い訳通用しないみたい。

それに四年前、初心者でもそんな間違えはしないでしょう！　と突っ込みたくなるようなミスを仕出かした時、先輩には散々怒られたけれど、社長は決して責めてこなかった。

そんな社長の態度に最初は、呆《あき》れられてるのかな、失望してるから怒ることさえしてくれないのかも、怒るって体力がいるもんね、と悲しい気持ちになっていた。

『社長、どうして杉村さんを叱《しか》らないんですか？』

泣きそうになるのをなんとか堪《こら》えるためにトイレにいると、喫煙所から当時いた女性の先輩と社長の話す声が聞こえてきた。トイレの前に喫煙所があるので、どちらで話す声も筒抜けなのだ。

『杉村さんが可愛いから叱《しか》らないんですか？　オヤジっぽいところがありますけど、顔は芸能人みたいに可愛いですもんね』

ああ、また顔のことを言われてる……

出るに出られない。そして、その時は耳をふさげばいいなんて思い付かなかった。

デザインの世界では顔のことなんて関係なく生きていけると思ったけど、そういうわけにはいかないか。

自分のミスが招いた結果だ。――情けなくて我慢していた涙がこぼれそうになった時、社長は毅《き》然《ぜん》として答えた。

『ああ、可愛い』

『……っ……やっぱり！』

悔《くや》しさと憎《にく》しみと落胆《らくたん》が混じった先輩の声、これまで何度も聞いた声だ。

先輩が社長のことを憧《あこが》れや尊敬に加え、なにか特別な感情を込めて見つめているのには気付いていた。

今の様子を見るに、やっぱり先輩は社長のこと……

これでもう、先輩との関係は変わってしまう。

先輩に怒られた時、すごくへこんだけど嬉しかった。中には自分のストレスを発散させるために怒る人もいる中、先輩の説教は私が二度と同じ失敗をして困ることのないようにという思いからくるのだと伝わってきたから。

でも、そんなまっすぐにぶつかってくれることはもうないだろう。恋愛が絡むと、事情は変わってしまう。

『そうやって私情を挟《はさ》むのはどうかと……』

『なにか勘違いをしていないか？』

『へ？』

見てないのに、表情が伝わってきそうなくらい呆気《あっけ》にとられた声が聞こえた。

『お前も杉村も俺に付いてきてくれる大切な部下だ。可愛くないわけがないだろう。俺が杉村を叱《しか》らなかったのは、俺が叱《しか》る必要がないと感じたからだ。俺が言わなければいけないことは、すべてお前が伝えた。あいつがもう十分反省していることに、お前は気付いてるんだろう？』

『あ、当たり前ですっ！』

『だったらこれ以上俺が言うのは、あいつを必要以上に落ち込ませるだけだ。そんなものは指導でもなんでもない。単なる自己満足だ。……だからといって、お前に嫌な役目をすべて任せてもいいという理由にはならないな。申し訳なかった』

『いえ、そんな……私……私こそ、すみません……』

呆《あき》れられていると思ったけど、そうじゃなかったんだ……

社長はクールに見えて、実はとても情に厚い。そんな人だ――

先輩はその後も変わらずに、厳しくも優しい指導を続けてくれた。後日、社長に告白するところをまた偶然トイレの壁越しに聞いてしまったけれど、社長の答えはＮＯ――でも気まずくなって辞めてしまうことなく、この事務所へ移転する前に、別の男性と結婚して寿退社していった。結婚式での先輩は、とても幸せそうだった。

懐かしいなぁ……

「杉村先輩、お昼外ですかぁ？　あたしこれから地下の定食屋さんに行くんですけどぉ、よかったら一緒に行きませんかぁ？」

彼女の名前はユキちゃん、一つ年下で私の後輩だ。緩く巻いた髪が愛らしくて、春らしい花柄のワンピースがとてもよく似合う。

可愛いなぁ……このワンピース、確かこの前、雑誌で載ってたの見たかも！　いいなぁ、私もこういう服、着てみたいなぁ……

「杉村先輩？」

「あ、ごめん。ユキちゃんが可愛いから見惚《みと》れてた。うん、行きたい！　行こっ！」

彼女はとても人懐っこくて、こうしてよく私をお昼に誘ってくれる。まるで妹ができたみたいで、彼女と話している時の私はいつも頬《ほお》の筋肉が緩みっぱなし。

私は財布《さいふ》だけを手に取り、ユキちゃんと一緒にエレベーターホールへ向かった。

◆◇◆

ビルの地下一階にある定食屋さんは、リーズナブルで量も多くて美味《おい》しいので、このビルで働く人だけではなくて、よそのサラリーマンやＯＬからも人気がある。

満席で入れないかな？　と思ったけれど、運よく五分並んだだけで入ることができた。

「あたし、また見ちゃったんですよぉ～！　社長が告られてるのっ！」

ユキちゃんはサバの味噌煮を味わいながら、ニヤリと笑う。

「え、また？　今年に入ってから、えーっと……」

「五回目ですよっ！　今度は三階の歯科衛生士でした！」

確か三階の歯医者さんといえば、受付から歯科衛生士まで美人揃《ぞろ》いで有名だったはずだ。

さすが社長……！

正直な話、恋愛から距離を置いてる私ですら、もし社長が彼氏なら、幸せになれるだろうなぁ、なんてことを考えてしまうくらい魅力的な男性なのだ。目撃された告白情報は今年だけで五回も！　……だけど目撃されていないだけで、きっともっとあるに違いない。

「んで他のみなさんと同じく振られて、その人も『誰か付き合ってる人いるんですか？』って聞いて。それで、社長は『答える義務はない』ってやっぱり答えてましたぁっ！　なんか頑《かたく》なにいつもそう答えるから、あたし怪しく思えてきちゃってぇ～」

「怪しく思えてきたって？」

「あたしも『なるほど！』って思ったんですけどぉ、あたしの彼氏が言うには、社長はゲイなんじゃないかって」

口に含んだわかめと豆腐のお味噌汁が、危うく気管へ入っていくところだった。

「ぶっ……ケホケホッ……！　そ、それはないでしょっ！」

「だって今まで社長に告った女の人、可愛い系から綺麗系まで色々いたじゃないですか？　でも社長は全然なびかなかったしぃ、ブス専なのかなぁ？　って思ったんですけど、この前告った人と、去年告ってきた何人かは不細工だったじゃないですかぁ？　だからその線はないなぁって思って」

「ぶ、不細工って……」

「だってすっごい不細工だったんですもぉん！　あたし、元々人を見る目は厳しいですけど、入社してからは毎日先輩を見てるから、さらに目が肥《こ》えたんですよねぇ」

ユキちゃんは、大丈夫ですか？　と、各テーブルに備え付けてある水差しから、空っぽになった私のグラスに水を注《つ》いでくれる。

グラスの水を半分ほど飲み干すと、喉《のど》が大分楽になった。

「ブス専ではないんじゃない？　私は付き合ってる人がいるか、結婚してるから断ってるんだと思うけど……」

「ええ～？　でも、指輪してないじゃないですかぁ～」

「今はしてない人も多いって聞くよ？　私は結婚してるに一票！　社長のあの落ち着きは、一家の大黒柱っていう安定感からくるものなんじゃないかなぁって思うんだけど」

「でも結婚してるなら、『結婚してるから付き合えない』って断ればいいじゃないですかぁ。言わないってことは結婚してないってことで、付き合ってる人がいるって線が濃厚ですよね？」

「うん？」

そこからどうしてゲイ説に……!?

「つまりは人に言いにくいような相手と付き合ってるってことですよね？　彼氏に言われてなるほどぉって思ったんですっ！　ってことで、あたしはゲイ説を推《お》します！」

そ、そうきたか……！

社長がゲイ……でも、社長なら綺麗な女の人を連れていても、綺麗な男の人を連れていても、どちらでも絵になるなぁ……なんて思ってしまう。

「あ、杉村先輩、この話、ここまででストップしましょ」

「え？」

ユキちゃんは「お疲れ様でぇす」と言って、ニッコリ笑う。

「あら、お疲れ様」

声に反応して振り向くと、財布《さいふ》だけを持った目黒《めぐろ》さんがうしろの席に座るところだった。

彼女は目黒由美子《ゆみこ》さん、黒髪のロングヘアが特徴のクールビューティーだ。目黒さんは三か月前に別のデザイン会社から転職してきた二十九歳の女性で……

「目黒さん、お疲れ様です。これからお昼ですか？」

「ええ、やる気のないあなたと違って、私は今まで作業していたものだから」

元々あまり好《す》かれてはいなかったのだけど、株式会社パルファムの仕事を受け持つようになってからさらに嫌われるようになったのだ。

「可愛いって得ね。社長に色気で取り入って、パルファムみたいに大きな仕事が取れるんだもの。普段は女性らしくないサバサバした態度だけど、男の前ではどう態度を変えているのかしら。興味深いわね」

「なっ……」

「すみません、他の席は空《あ》いていますか？」

「あ、こちらの席にどうぞ〜！」

先ほどよりも空《す》いてきたので、一人用の席ならポツポツと空《あ》いていたらしい。目黒さんは私たちから離れた席に腰を下ろす。

色気で仕事取るわけないでしょぉ!?

頭の血管が切れそうになるのをなんとか堪《こら》え、怒鳴り出したくなるのを我慢するために豚の生姜《しょうが》焼きとご飯を頬張《ほおば》り、むしゃむしゃと咀嚼《そしゃく》する。

「あんの、腹黒っ！　ホンット嫌なヤツですよねぇ！」

「ユキちゃん、『腹黒』じゃなくて、『目黒』さんだから」

「んなこたぁ知ってますよぉ！　あだ名ですっ！　あだ名っ！　なーにがやる気のないあなたと違って……だっ！　仕事中にネットショッピングしてるくせにっ！　どっちがやる気ないんだっつーのっ！」

そう、目黒さんは自分はやる気がある！　と主張するのに、行動が伴《ともな》っていない人なのだ。

就業中にネットショッピングはもちろんのこと、ＳＮＳで呟《つぶや》いたり、ブログの更新までもしている始末……気付いた周りが注意しても、参考になりそうなデザインを調べているだけだ、勝手に遊んでいるなんて思われるのは不快だと逆切れするらしい。

アピールが上手いから周りではやる気がある人だと思っている人もいるけれど、一部の人間は声が大きいだけだと気付いている。私とユキちゃんも気付いている側の人間……

「あいつ、杉村先輩がどんだけ頑張ってるか知らないくせにっ！　あー腹立つっ！　あたし、腹立つとお腹空《す》くんですよねぇ！　ご飯おかわりしちゃおっかなぁ」

うう、ユキちゃん……

なんていい後輩を持ったんだろうと、涙が出そうになる。

腹黒さん……いや、目黒さんは前の会社で九年デザイナーとしての経験を積んだベテランらしい。今まで言われてきた嫌味から察するに、自分よりも職歴が浅い私が大口の仕事を任され、私が今まで引き受けていた仕事の後任をさせられることに納得いっていないようだ。

そもそもパルファムの仕事は目黒さんが入社する前に話が来ていた。その時いた社の全員でパルファムの新ブランドにふさわしいデザイン案を提出し、まずは社長とアートディレクターの横田《よこた》さんの二人でそのデザイン案の中からいいもの三つまでを選び、最終的にはパルファムにどのデザインがいいか決めてもらった。

新人もベテランも関係ないコンペで選ばれたのだと説明しても、目黒さんは『どうせ色目を使って勝ち取った仕事でしょ？』と言って、なにかと突っかかってくる。

パルファムの話を聞いた四か月前の私は、新ブランドのデザイン！　絶対楽しいし、選ばれたい！　と意気込んでいた。

コンペのために与えられた製作期間は二週間。長いようだけど通常業務の合間を縫《ぬ》って作業をしなければいけないので、そんなに時間はない。

そのために残業してもいいと言われていたけれど、私的には不可だ。うちの事務所が独自でやるコンペだから、クライアントからの報酬《ほうしゅう》は出ない。つまり残業をして残業代を発生させてしまえば、うちの会社の負担になるだけ。社外秘の資料もあるので自宅での作業も不可。

わずかな時間で新ブランドにふさわしいデザインを考えなければ……

自宅には持ち帰れないと言っても脳内で考えることはできるので、帰宅してからは脳内でデザインを考えて、朝は始業時間よりも二時間早く出社し、必死にやりくりして作った作業時間で帰宅してから考えたデザインをデータに起こしていく。

朝方までデザインを考え、数時間だけ寝てから出社する生活を二週間続けていたので体力の限界を感じてフラフラだった。けれど、満足できるものを仕上げることができた。

私のデザインが選ばれた時は本当に本当に嬉しくて、その場で泣いてしまいそうになった。でも、『こんなところで泣いちゃって、ぶりっ子してるんじゃないの？』と思われるのでは!?　と仮面についてるセンサーが反応して警報音を鳴らしたので、悲しいことを思い出して必死に引っ込めた。

「杉村先輩、あんな腹黒口だけ女の言うこと、気にしちゃダメですよっ！」

「うん、大丈夫。ありがとう」

「ホントに気にしないで下さいねっ！　あ、この後、あたしコンビニ行くので、おやつ用になにかつまめるもの買ってきますよっ！　なにがいいですか？」

「じゃあ、おつまみ昆布。あ、でも自分で払うから。若い子に払ってもらうわけにいかないし」

「若い子って、大して年、変わんないじゃないですか～！　ていうか、なんでそんなおっさんセレクトなんですかっ！　お菓子じゃなくておつまみだし！」

本当は新製品のチョコとかクッキー！　って言いたいところだけど、可愛いもの好きなぶりっ子……なんて思われたら困るしね。

「杉村先輩、ほんっとぉ～に、無理しないで下さいねっ！」

無理なんてしていない。本当に大丈夫だ。だって私は仮面をつけているから。目黒さんにいくら悪意のある言葉を投げつけられても、仮面に傷が付くだけ。仮面を否定されても、それは本当の自分じゃないから平気だ。

だから私は仮面を被《かぶ》り続ける。

ずっと、ずっと……それが私の処世術《しょせいじゅつ》なのだ。

◆◇◆

「お先に失礼します」
今日は金曜日――定時に業務を終えた私は、タイムカードを押してエレベーターホールへ向かった。

珍しく定時に終わったなぁ……

今日は早く帰ってゆっくり休もうかな。それともショッピングに行こうかな。会社に着ていく用の春服を見て、新しいルームウェアも見よう！

普段は『毛玉の付いた、首がダルンダルンに伸びたスウェットを着てるんだ！』なーんて言ってるけど、家での私は可愛いルームウェアに包まれているのだ。だって家では家族以外誰も見ないしね！

どこから回ろうか～……なんてことを考えていたら……

「あら、杉村さん」

うしろから声をかけられた。この声は……振り返ると、やっぱりその人がにっこり笑って立っていた。

「あ、目黒さん、お疲れ様です」

うげぇ……また、嫌味を言われるのかな？

でも、おかしい。いつもなら小馬鹿にするような笑みを浮かべているのに、今日は妙に穏やかだ。機嫌がいい……とか？

「お疲れ様、これから帰るの？」

ショッピング……なんて余計な情報を与えては、それをネタになにか嫌味を言われるかもしれない。だから「はい」と短く返事をしたら、「じゃあ問題なさそうね」と言われた。

問題なさそうって、なに……!?

「実はこれから友人の付き合いで合コンに行くことになってるの。でもメンバーが急に足りなくなっちゃったのよね。杉村さん、予定がないならお願いできるかしら？　費用はもちろん、こちらで持つわ」

し、しまった……予定があるって言えばよかった……！

「す、すみません。私、合コンとかそういうのは……」

行ったことないよ！　誘われることはあっても、全力で避けてきたんだから！

合コンなんて第一印象がものをいう場だ。もし友達が狙ってる男性が私の容姿を気に入りでもしたら……ああ、怖い！　想像するだけで恐ろしい！

「ああ、杉村さんみたいに可愛いと合コンなんかしなくてもより取り見取りですものね。モテない下々《しもじも》の者が行くような場には行きたくない、と。なるほど、そういうことなのね」

えええええええ!?　そ、そうくる……!?

「いえ、そういうんじゃなくて」

「それとも今、彼氏いるの？」

行きたくない……っ！　彼氏がいることにしちゃおう。

「実は……」

「どんな人？　私が連絡して許可をもらうから、連絡先教えていただける？」

はあ!?　なんでそうなるの!?

連絡先なんてあるはずがない。彼氏いない歴イコール年齢なんだから！　それに協力してくれる男友達なんて一人もいないし……

「じゃあ、問題ないわね」

断る術《すべ》を失った私はにっこり笑った天敵に引っ張られ、強引に合コンへ連れて行かれることとなった。

◆◇◆

合コンは会社からほど近い居酒屋の個室で行われた。

女性メンバーは私、目黒さん、目黒さんの友人の酒井《さかい》さん。そして男性メンバーは目黒さんと同世代の落ち着いたスーツの三人。公務員と食品メーカーの営業と不動産屋の事務をしているらしい。

「すっごい可愛いから、芸能人かと思っちゃったよ！　本当に違うの？」

「違います。ハハ……お、お若いのにお世辞《せじ》がお上手ですね……」

「いやいや、キミの方が若いしっ！　面白いね～」

見られてる、見られてる。

オヤジキャラな私の性格を知らない男性からは『もっと知りたい！』というようなギラギラした目で、そして目黒さんと酒井さんからは『視線で殺せるなら殺したい！』というような目で見られている。

目黒さんがなにを考えているのかわからない。目黒さんは、なぜ私をこの場に連れて来たのか……

　よくわからないけれど、私が取る対応は決まっている。それは仮面を強調して、幻滅《げんめつ》してもらうこと。

「女の子たち、飲み物なににする？　はい、ドリンクメニュー」

「ありがとうございます。優しいんですねっ」

　目黒さんはいつもよりも高い声を出して、ニコッと笑う。酒井さんと目黒さんが二人で一つのメニューを持って眺《なが》める。私の席からは見えないけれど、頼むものはいつも決まっているので問題ない。

「私はビールで」

「お、ビール呑めるんだ？　甘いのじゃなくて大丈夫？」

「はい、大丈夫です。むしろ甘いのは好きじゃないんで」

　大丈夫だけど、本当は好きじゃない。ビールなんて苦いとしか思えない。甘いのが苦手なんて嘘だ。むしろ大好き！　でもお酒はとりあえず生《なま》ってことにしていた。深読みしすぎかもしれないけれど、私が甘いジュースのようなお酒を頼むと、男受けを狙っているように思われる気がするからだ。

　女性だけの場で呑む時も、男性がいる場でだけビールを呑むなんて自分を印象付けようとしてるんじゃない？　などと思われては困るので、どこでもビールだけを呑むよう徹底している。

　本当はカラフルなカクテルや果物がのったパフェみたいなお酒に憧《あこが》れてるんだけど……多分一生

味わう機会はないだろう。

目黒さんと酒井さんが頼んだお酒は、まさに私が呑んでみたいものだった。

うう、羨《うらや》ましい。一体どんな味がするんだろう。

「じゃ、酒もきたし、とりあえず乾杯しよっか」

乾杯を済ませた私は、声のトーンを落として会話が弾まないよう心掛ける。

女性らしさを出さないように、慎重に、慎重に……

それはさておきこうして見ると、社長のレベルがどれだけ高いかがよくわかる。

社長みたいな人が合コンにきたら、女性メンバー大歓喜！　その後ドロッドロの戦争になるんだろうなぁー……って、なんで私、社長のこと考えてるんだろ。

中座してトイレに着くと、ドッと疲れが出て大きなため息が漏《も》れる。

ああ、もう戻りたくない……

このまま家に帰って休みたい。ゆっくり半身浴した後、可愛い下着を付けて、可愛いルームウェアを着て、可愛いものに囲まれながらゴロゴロしたい……

学生時代はお金もないので地味な下着を自宅と外で兼用していた。けれど、社会人になってお金に余裕ができてからは、自宅用の可愛いものと外出時用のシンプルなものを使い分けているのだ。

普段の抑圧が強すぎるのか、私の部屋は可愛いものに埋《う》め尽くされている。自室にいる時が一番幸せな時間だ。

……と、現実逃避してても仕方がないんだけども。

覚悟を決めて戻る途中で、みんなの会話が聞こえてくる。お酒が入っているせいか、声が大きくなっているようだ。

「由美子さんと莉々花さんは同じ会社なんだよね？」

「ええ、そうなの。私の後輩よ」

デザイナーとして勤めた年数は目黒さんのほうが長いかもしれないけど、今の会社に勤めてる年数は私のほうが長いわけで……うむむ、後輩っていうのはちょっと違うような……なんてどうでもいいことにこだわってしまうあたり、私は目黒さんのことが本当に嫌いなのだ。

「莉々花ちゃんったら、いつも彼氏が欲しいってうるさくって困ってて……だから今日の合コンは莉々花ちゃんのために開いたのよ」

は⁉　なに言ってんの⁉　この人！

当然だけど、そんなこと一言も口にしていないし、仮にそう思ってたとしてもこの人にだけは言うはずがない。

ていうか『莉々花ちゃん』って、なに急に馴れ馴れしい呼び方に変わってるの⁉　普段は苗字でしか呼んだことないくせにっ！

「え〜っ！　そうなんだ？　莉々花ちゃんぐらい可愛かったら、合コンなんて開かなくても、より取り見取りじゃない？」

「それがそうでもないの。ほら、莉々花ちゃんって顔はいいけど、それだけというか……性格に問題ありなの。顔に似合わずガサツだし、会話も広げようと努力しないし、だから男の人が引いちゃうのよね」

「ああ、確かにあんまり会話が弾むタイプではなかったね」

ハイ、そうです。弾ませないようにしてたんです。

「恋愛だけじゃなくて仕事もそんな感じでね……。ここだけの話、社長と取り引き先に色目を使って、本来なら私が手掛けるはずの大きな案件をあの子が横取りしちゃったのよ」

はああああああああ!?

「マジで!? それは酷《ひど》いわ」

いや、違うから！ 酷《ひど》いのは目黒さんのほうだから！ こんの腹黒〜っ！

「でも、可愛いから周りにチヤホヤされて育っただけで根はいい子なのよ？」

悪口ばかり言っている女だと思われないようにか、フォローも忘れない辺りがやはり腹黒い。

チヤホヤなんてされてないしっ！ この顔のせいで今までどんな人生送ってきたと思ってんの!?

怒りで血管がブチ切れそうになったので、何度か深呼吸を繰り返す。

ここで切れたって、私が悪者に見えるだけだ。

「でもあんだけ可愛かったら、ちょっとぐらいワガママでも目ぇ瞑《つむ》れるわ」

「わかるわかる。彼氏欲しいなら、俺立候補しちゃおうかな」

「あ、俺も〜」

冗談じゃないし……っ！ もう、やめてよね！

私は個室から少し離れ、わざと足音を立てながらまた個室へ近付く。

「あ、戻ってきたみたい。今の話は内緒で……ね？」

目黒さんに甘えたような声でお願いされた男性陣は、「もちろんわかってるよ」とデレッデレの声で返答した。

はいはいはいはい！　聞こえてましたからっ！

「ただいま戻りました」

なにも聞いていない素振りで席に戻ると、全員何事もなかったかのように「お帰り」と声をかけてくれる。

「随分遅《ずいぶん》かったのね？」

「はい、少し混んでたので。今は空《す》いてきたみたいですよ～。呑むとトイレが近くなりますもんねっ！」

「やだ、莉々花ちゃんったら下品なんだからぁ。みんなごめんなさいねぇ」

なんてね！　戻るタイミングを失ってただけですっ！

「そう、じゃあ私も行ってこようかしら」

「あ、じゃあ私も」

目黒さんと酒井さんが揃《そろ》って腰を上げ、席を後にする。男性三人の中に一人取り残される状況……かなり気まずい。

「莉々花ちゃん、次はなに呑む？」

「あ、えっと、次はソフトドリンクにしようかと……あれ？」

持っていたはずのハンカチがない。うっかりトイレに置き忘れたみたいだ。

「どうしたの？」

ハンカチ持ち歩いてるって知られたら、女の子っぽいって思われるかな？

「すみません。えーっと、呑みすぎてまた尿意がっ！　ちょーっともう一回トイレに行ってきますね」

「ああ、そうなんだ。早く戻ってきてね」

「は、はい……」

うう、早く帰りたい……そんなことを考えながらトイレのドアに手をかけると、

「ね、杉村はどうだった？　いつも私が愚痴《ぐち》ってる通り最悪でしょ？」

と、さっき男性達と話してた時とは比べ物にならないほど低い目黒さんの声が聞こえてきた。

二人でトイレに来たのは、悪口タイムのためだったようだ。

自分の間の悪さに、心底嫌気がさす。

しかもさっきまで『莉々花ちゃん』だったのに、友達の前では『さん』もなしの苗字呼び捨て……っ！

「ホント顔だけの女って感じだったー。男にコビコビだったしぃ～……」

「でしょう？」

え、あれのどこが!?　下品とか言ってませんでした!?

「まあ、今回の男は狙ってないから別にいいんだけど。今日集めてくれたメンツ、全員ヤリチンだ

し、あいつらのうちの誰かがあの女を落として付き合うまでもっていけば、あんたのとこの社長も奴に幻滅《げんめつ》するでしょ」

　はあああああ⁉

「そうね。そうすればパルファムの仕事からも外されるはずだわ。実力のないあの子のやった仕事を途中からやらされるなんてプライドが許さないし、そうなったら全部最初からやり直すわ。私の方がセンスもいいし、納期は少し押しちゃうかもしれないけど、まあ先方もデザインを見せれば納得してくれるでしょうしね」

　この人、嫌がらせをしたくて言ってるのかと思ったけど、本気で私が色仕掛けして、パルファムの仕事をもらったと思ってるの……⁉

　頭に血が上って、思わずドアを開いてしまう。

「あのっ……！」

　突然勢いよく開いたドアから、悪口を言っていた相手が登場して、二人は驚いている。目黒さんは吊り目がちな目を大きく見開いた。

　オヤジっぽくてサバサバした性格の仮面を被《かぶ》っているのだから、キャラ的には聞き流さないといけないところなのに……ああ、ダメだ。止まらない。

「わ、私……そんなことしてません！　何度も説明しているように、あの仕事はコンペで正当に決まったことで……」

　止まらなかった割には、いざ面と向かうと、言葉が喉《のど》に詰まって上手く話せなくなる。目黒さんは驚いているようだけど、本人に悪口を聞かれたことに対しては少しも怯《ひる》んでいない。

「あら、なんのこと？」

「え……？」

し、しらばっくれる気……っ！

「それよりもどうしたの？　またトイレ？」

「あ、いえ、忘れ物を……」

あ、いけない。動揺しちゃって、つい本当のこと言っちゃった！

「忘れ物？　ああ、もしかしてこのハンカチ？　ちゃんと持ち歩いてえらいのね。はい、どうぞ」

受け取ろうと手を伸ばすと、そのまま床に落とされた。

「ちょっ……なにを……」

「ああ、ごめんなさい。手渡すつもりが落としちゃったわ。うふ、酔っちゃったのかしら？　私、杉村さんと違ってお酒に弱いから」

彼女の目付きは酔っているとは思えないほどしっかりしているし、口調もハキハキしているし、顔も赤くない。すっごい腹立つ。でも、本当に酔ってる可能性もあるし……

とりあえずしゃがんで拾おうとしたら、床に落ちているハンカチを踏みつけられた。

「あら、ふらついちゃって足が……ふふ、ごめんなさいね」

ハンカチには足跡がくっきり付いている。思い入れのある特別なハンカチではないけれど、その行為は私の心まで踏みつけたように思えた。

こんの、腹黒……っ！

これだけ確かな足取りで踏んだのなら、絶対に酔っていない。そう確信した私は、ハンカチを回収して立ち上がり、腕を組んで小馬鹿にしたような笑みを浮かべる目黒さんを睨《にら》む。

「い、いい加減にして下さい……っ」

「はぁ⁉　酔って足元がふらついただけなのに、先輩に向かってそんな言い方はないんじゃないのっ⁉　あんた、礼儀ってもんを知らないわけ⁉」

目黒さんが言い返す前に、酒井さんが口を出してきた。あまりの気迫で一瞬怯《ひる》んでしまう。

「さっきの発言といい、わざととしか思えませんっ！　それに濡《ぬ》れ衣《ぎぬ》を着せられてることも納得いきません！」

いつもなら完全に引くだろうけれど、お酒が入っているせいか素《す》の自分が出てきてしまう。

これ以上はダメ！　二度と会わない人ならまだしも、職場で毎日顔を合わせる人と揉《も》めたら、今後に差《さ》し障《さわ》る！

「なんのこと？」

目黒さんはクスッと笑って、悠々《ゆうゆう》と化粧直しを始める。

「仕事のことです！」

「仕事のことなんて一言も話してないわよ？」

「とぼけないで下さいっ！」

「勝手に盗み聞きして勘違いするなんて迷惑なんだけど」

そう言われると、なにも言い返せない。

確かに会話を最初から聞いていたわけじゃないし、盗み聞きと言われればそうなるだろう。

「酔っぱらってるからってなんでも許されると思わないでよね。由美子に謝んなよ」

それはこっちの台詞《せりふ》だと言ってやりたい。

ああ、この追い詰められ方、中学生時代をすごく思い出す。高校に入って仮面を被《かぶ》るようになってからは波風を立てないように生きてきたから、こういった状況は久しぶりだ。

言い返してやりたいことはたくさんあるのに、心臓がバクバク激しく音を立てて、指先が震えてしまう。

ここで本格的な喧嘩《けんか》をすれば、仕事がし辛くなる。かといって悪くもないのに謝るなんて、プライドが許さない。

「ほら、謝んなよ。可愛いってだけでなにも言わずに許してくれるのは男だけだし」

目黒さんは酔っていないようだけど、酒井さんは大分酔っているようだ。すごく顔が赤い。だからこそ攻撃的なのかもしれない。

「……っ」

心臓の音が、とても近く聞こえる。左胸からじゃなくて、耳のすぐ傍《そば》から聞こえてるみたいだ。

『なにも悪いことなんてしてないのに謝りたくありません！　謝るのはそっちの方じゃない！』

頭の中で、自分の声がグルグル回る。

でも早く謝らないと、会社でもっと気まずくなってしまう。

目黒さんには以前まで私が手掛けていた仕事の後任も引き受けてもらっているし、彼女とはなにかと話す機会が多い。気まずくなったせいで、もし仕事に影響が出てしまったら……

「なに黙ってんの？　由美子に早く謝んなさいよ！」

なんのために仮面を被《かぶ》っているの？　仮面を傷付けられても、痛くもかゆくもないんじゃなかったの!?

「……すみませんでした」

「まあ、お酒の場ってことで今日のところは許してあげるわ」

勝ち誇ったように笑う目黒さんの顔を見ていると、腸《はらわた》が煮えくり返りそうになる。

あれ、おかしいな……

仮面を傷付けられただけなのに、辛くて堪《たま》らない。これ以上この場にいたら、泣いてしまいそうだ。

この人たちに涙を見られるのは絶対に嫌……！

「私、酔って気持ち悪いので、途中ですみませんがこれで失礼します」

「は!?　なに言ってんの？　途中でなんて……」

酒井さんが、慌てて立ち去ろうとする私の手を掴《つか》んだ。私はそれを咄嗟《とっさ》に振り払った。

「すみません、すみません！　もう吐きそうなんです！　楽しい合コンを一瞬にして悪夢の場に早変わりさせちゃいますからっ！　失礼します！」

それらしいことをベラベラ並べてトイレから出て、置いたままのカバンを取りに個室へ戻る。

「あ、おかえり。待ってたよ～！」

「あの、すみません。私、酔って気持ちが悪くなったのでこれで失礼します……！」

おごってくれると言ったけれど、借りを作りたくない。カバンから財布《さいふ》を取り出し、中を開くと万札しか入っていなかった。

うう、両替えなんてしてたら、目黒さんたちが帰ってきて押しとどめられちゃうかも……！

かなり辛かったけど諭吉を一枚取り出して、テーブルに置いた。

「いやいや、大分多いし！　っていうか、おごるからいいよ」

「それよりも大丈夫？　俺が家まで送っていってあげるよ」

「いや、俺が……」

男性陣が腰を上げようとする。酒井さんがヤリチンだと言っていたことを思い出し、慌てて首を左右に振った。

「だ、大丈夫です！　本当に大丈夫なので……し、失礼しますっ！」

すぐに居酒屋を出た私は、エレベーターを待たずに階段を一気に駆け下りた。居酒屋の入っていたビルから出た瞬間、涙がボロボロこぼれた。

バカじゃないの？　本心で謝ったんじゃないのに。仮面を被《かぶ》った偽《いつわ》りの私が形式上謝っただけだ。

それなのにどうして泣いてるの？　どうして悔《くや》しいと感じるの？

「……っ……」

仕事でトラブルになるより、素直に謝っておいた方がずっといいじゃない！　本心じゃないんだし！

自分の中で先ほどの行為を正当化しようとしたけれど、涙はなかなか止まらなかった。

◆◇◆

居酒屋を出た後、私は家に帰ることなく一人会社に戻ってきていた。

こんな顔で家に帰ったら、両親を心配させてしまう。私はまだ実家暮らしなのだ。正確に言うと就職してからすぐに一人暮らしを始めたものの、隣人がストーカーになって数々の恐ろしい行為を始めたので二か月で出戻るはめになった。

うう、嫌なことを思い出してしまった。とにかくこの泣き腫《は》らした顔をなんとかしなければ……

「あった。よかった」

それからもう一つ、防犯ブザーを会社に忘れたことを思い出したのだ。

駅から我が家までは、少し薄暗い道を歩かなくてはならない。繁華街が近いこともあり、夜遅くに歩いていると高確率で変質者がうしろから付いてくる。だから危害を加えられそうになった時は躊躇《ためら》わずにブザーを鳴らすことにしている。

なにかあってからじゃ遅い。自分の身は自分で守らなければ！

着ていたジャケットのポケットに防犯ブザーをしまって、自販機で買ってきたお茶のペットボトルを瞼《まぶた》の上にあてる。

「冷たっ」

ハンカチに包んでからあてた方がいいかも……って、そうだ。今日持ってきたハンカチは殉職《じゅんしょく》したんだった……

今日は金曜日だし、みんな早めに退社したようだ。いつもならまだ人がいる時間なのに、今日は一人も残っていない。誰もいなくて助かったけど、鍵が開いていたのは不用心だ。

業務の都合上、退社時間がまばらなため、『この時間には施錠《せじょう》しますよ』と言っても無理なので、一人一本事務所の鍵が支給されている。それで、最後に退社する人間は鍵をかけていくのがルールなのだ。

作業に夢中だと誰かが退社しても気付かない時があるし、誰か残ってるだろうと思って開けっ放しで帰ったのかもしれない。

お茶が温《ぬる》くなるまでやっていたおかげで、白目は赤いけど瞼《まぶた》の腫《は》れは引いてきたような気がする。

でも、まだ『泣いてきました』って顔だなぁ……

二十一時……まだ両親が起きてる時間だ。事務所で時間を潰《つぶ》させてもらって、寝静まった頃に帰ろう。

『今日も仕事で遅くなるので、先に寝てて下さい』

母にメールを送ると、すぐに『わかりました』と返ってきた。よし、これで遅くなっても心配させずに済む。

温《ぬる》くなったお茶を冷蔵庫にしまって、新たに買ってきたお茶を瞼《まぶた》にあてていると、ドアが開く音が聞こえた。

えっ！　鍵の閉め忘れじゃなくて、誰か残ってたの!?　でも、真っ暗だったよ!?

まさか目黒さん!?　……はないか。まだあの男の人達と呑んでる最中か、酒井さんと私の悪口大会をしているはずだ。

誰だろう。うちの会社の人じゃなくて、警備員って可能性もあるかな。どっちにしろ気まずいなぁ……

足音と煙草《たばこ》の香りが近付いてくる。お茶をそぉっと避《よ》けて周囲を窺《うかが》ったら、社長が不思議そうな顔をして立っていた。

「杉村、どうしたんだ？　お前、定時に退社してなかったか？」

「しゃ、社長……お、お疲れ様です。あの、忘れ物しちゃって……」

よりによって社長――……！

「忘れ物？」

失礼だとはわかっていても、顔を見られないように俯《うつむ》いてしまう。

「はい、あの……防犯ブザーを」

ポケットにしまった防犯ブザーを取り出して見せると、社長がまじまじと眺《なが》め出す。

え、なに？　まさか泣いてるの……バレた!?

「それが防犯ブザーなのか？」

「え？　あ、はい」

「とても防犯ブザーに見えない形だな」

私が持っている防犯ブザーは、ドーナッツ型の可愛らしいものだ。

「そうなんです。昔は『防犯ブザーです！』って主張しているようなデザインが多かったんですけど、最近はこんな可愛らしいデザインのものも売ってるんですよ」

……しまった！　誰にも見せないと思って、可愛いの買っちゃったんだった！　見せてどうするの！　こんなことなら、もっとシンプルなものにしておけばよかった！

「あー……っと、えーっと、最近だと普通のデザインのを見つけるのが難しいぐらいで、私も仕方なく可愛いのを買った感じで……は、はは……」

早くしまいたいのに、まじまじと見られているせいでなかなかひっこめられない。

「そんなので、ちゃんと音が鳴るのか？」

「はい、こう見えて結構大きな音が出るので、痴漢《ちかん》も不審者も一目散《いちもくさん》に逃げていくんですよ」

思わず顔を上げてしまった瞬間、社長の視線が防犯ブザーから私の顔へと移る。切れ長の目が、少しだけ大きくなったのがわかった。

しまった。泣いてるのに気付かれた……！

「試したことがあるのか？」

あれ？　気付かれてない？　今驚いた表情をしたのは、防犯ブザーを実際に使ったことがあるのに対して？

「あ、はい。週に何度かは……」

「今までの人生で何度かではなくて、週に⁉」

あ、やば……っ！

動揺してたから、つい正直に言ってしまった。

女性同士だと痴漢《ちかん》や不審者にあったという被害報告でも、そんな被害にあっちゃうほど自分は可愛い、異性から見て魅力的な女性なのだと自慢をしていると思われる可能性があるのだ。

まあ、実際に自慢している子がいるから、そういう風に思う人がいるわけで……どれだけ自衛しても被害にあう私からしたら『ふざけんな！』と一喝《いっかつ》してやりたくなる。

……と、話が逸《そ》れたけれど、私は普段、痴漢《ちかん》や不審者に一度もあったことがない、という設定で通している。

「そうか。可愛いと大変だな……」

容姿について言われたことに過剰反応してしまい、私は慌てて首を左右に振る。

「ち、違うんですっ！　可愛いとかそういうのじゃなくて、奴らは女性なら誰でもいいんですっ！」

「しかし週に何度もあうというのは、普通の女性ではありえないだろう」

友人の報告と比べて、自分が被害にあう回数は確かに尋常《じんじょう》ではないとわかっていた。でも、否定しないわけにはいかない。否定しなければ、容姿が優れているから被害にあうのだと認めることになってしまう。

「や、いやいやいや！　ち、違うんです。本当に……あの……」

でも上手い言い訳が思いつかない。早くなにか言わなければと考えるほど、頭が真っ白になっていきまったく思いつかない。

チラリと社長の顔を見ると、みるみるうちに顔色が悪くなっていく。

「防犯ブザーを会社に忘れたせいで、不審者になにかされたのか？」

「へ？」

「だからそんなに泣き腫《は》らした目をしているのか？」

や、やっぱり泣いてたことバレてた……！

というよりも、とんでもない誤解を生んでしまっている。

「違っ……違います！　違うんです！」

「大丈夫だ。このことは誰にも言わない。辛いかもしれないが、泣き寝入りはよくない。俺が付き添うからすぐに警察へ……」

「いえいえいいえ！　本当に違います！　違うんです。これはその、そう！　眼精疲労です！　疲れ目なだけです！　年を取った証拠ですかねっ!?　いやいや、困った、困った！」

「年って……まだ、若いだろう」

泣くはめになった原因を追及されたくなくて誤魔化《ごまか》したものの、苦しい……かな!?

「それでそのー……目を押さえてたら、コンタクトがずれてしまって。あーいたたたっ」

目頭を押さえながらそれらしい言い訳をしてみる。これでどうだ!?

「誤魔化《ごまか》さなくていい。立てるか？」

ああ、ダメだった。誤魔化《ごまか》せてないっ！　このままだと本当に警察まで付き添われちゃう！

「ち、違うんです。本当に違うんです。泣いてたのは、その、認めます……！　でもこれは不審者になにかされたからじゃなくて、嫌なことがあっただけですっ！　このままの顔で帰ったら両親を心配させると思って、忘れた防犯ブザーを取りにくるついでに休ませてもらってました。仕事でもないのに長々と残ってすみませんでした」

「ああ、そうだったのか。……何事もなくてよかった。いや、泣くほど嫌なことがあったのはよくないが……」

プライベートなことで事務所を使うなと怒られてもおかしくなかったのに、社長は心底ホッとしたような表情を浮かべる。

「あの、今から仕事ですか？」

「今からというか、今までずっとしていたが」

「えっ！　今までこんな暗闇で仕事してたんですか⁉　私、てっきり誰かが施錠《せじょう》し忘れたのかと思ってました」

「ああ、暗い方がなんとなく落ち着くからな。一人の時は電気を消して、パソコンの明かりだけで仕事をしてる」

「目、悪くしますよ？」

「もう悪いから別に構わない」

社長は閉じていたノートパソコンを開いて、キーボードに指を走らせる。

そういえば、さっき社長が近付いてきた時、煙草《たばこ》の香りがした。席を立っていたのは、喫煙所で煙草《たばこ》を吸っていたからだろう。だから私が入ってきた時はフロアに誰もいなくて、残業してる人はいないと思い込んだに違いない。

「あの、じゃあ私……お先に失礼します。今日は本当にすみませんでした。あ、これおつまみ昆布です。よかったら小腹の足しにして下さい」

買い置きしておいたおつまみ昆布を社長に手渡して、そそくさと席を立つ。

「待て、まだ目の腫《は》れは引いていない」

「え？　あ、はい」

「……後は帰宅するだけだと言っていたな。ということは、特に用事はないということか？」

なぜこんな質問をされるのだろう。まだ腫《は》れぼったくて空気に触れるだけでヒリヒリする目を瞬《またた》かせながら、「はい」と短く返事をする。

「体調はどうだ？」

「えっと、普通ですが……」

「じゃあ、呑みに行くぞ。付き合え」

「……へ!?」

耳を疑った。社長がプライベートで社員を呑みに誘った!?

「後十五分ほどで退社できる。目を冷やして待っていろ」

「え？　で、でも」

「なんだ。なにか問題でもあるのか？」

色々大ありですよ！　社長と呑みに行ったなんてこと誰かに知られたら、目黒さんに『ほら、やっぱり色仕掛けで仕事取ってるんじゃない』なんて言われかねない。

でも自分からそんなことを言えば、なにを自意識過剰になっているんだと思われてしまうだろう。き、きつい……それはきついし、恥ずかしい。

二度と会うことのない他人に思われるならまだしも、毎日顔を合わせなくてはいけない上司に思われるのは辛い！

「呑んでいる間に目の腫《は》れも引くだろう。週末だし、呑みすぎたところで明日に差《さ》し障《さわ》ることもない」

あ……そっか。私が嫌なことがあったって言ったから、気遣ってくれてるんだ。

ささくれ立っていた心が、少し穏やかになっていく。

やっぱり社長は優しいな……

誰かに知られるのは怖いけど、社長と会社の行事以外で呑むなんて初めてだし、まさかそんな機会が来るとも思っていなかったから好奇心が芽生えてしまう。

「帰りは防犯ブザーを鳴らすはめにならないよう、タクシーで送るから心配しなくていい」

社長の気遣いに、ずっとへの字になっていた口元が綻《ほころ》ぶ。

「はい、ありがとうございます。じゃあ、よろしくお願いします」

◆◇◆

社長が連れてきてくれたのは、落ち着いた雰囲気のダイニングバーだった。

普通のところでよかった……

私の中の社長はドラマで見るようなオシャレなバーとかで呑んでるイメージ。でも、そんなところに連れて行かれたら場違いすぎて挙動不審《きょどうふしん》になっていたところだ。それに個室というのもありがたい。会社近くだから不安だったけど、これで誰かに見られてトラブルになる可能性は減った。

店員に灰皿を使うか確認されて、てっきり受け取ると思ったのに社長は「いえ、結構です」と断った。

あれ……？

「社長、煙草《たばこ》やめたんですか？」

でも、さっき煙草《たばこ》吸ってきてたよね？　煙草《たばこ》の匂いしたし……

「いや、やめてはいないが……煙草《たばこ》は苦手じゃないか？」

もしかして、私に気を遣ってくれてる？

「大丈夫です。あの、すみません。灰皿下さい」

「かしこまりました」

「本当にいいのか？」

「はい、大丈夫です。私のことは気にしないで、吸いたい時に吸っちゃって下さい！」

「ああ、ありがとう」

実は煙たいから苦手だけど、煙を嫌がると可愛い女性を演じているように見えそうで、本当のことは言えない。それに他の人の煙は嫌だけど、社長が吸う煙の匂いならいくらでも耐えられそうだ。

「そういえば、食事はとったか？」

そうだ。私、ご飯まだだった。

「いえ、まだです」

「じゃあ、適当に色々頼むか。好きなものを頼むといい」

合コンの時に色々料理は出たけど箸《はし》が進まなかったし、さっきまでは泣いていてそれどころじゃなかったけれど、今になって少しお腹が空《す》いてきた。

えーっと、いつも通りに女性らしくないものを頼まないと！　なにがいいかな。

「……と、先に飲み物だな。なににする？」

「あ、じゃあ……」

メニューに写っているお酒の写真は、果物を飾ったフローズンカクテルやグラスの上部を生クリームやチョコレートソースで彩ったパフェのようなもの——なにからなにまで可愛くて、美味《おい》しそうで、口の中が唾液でいっぱいになり、思わずごくりと喉《のど》を鳴らしてしまう。

ううう、そんな可愛らしいメニューを頼むなんてダメダメ……！　ビールにしなきゃ！

「ビールで……社長はなににしますか？」

あまりに無念すぎて、少し潰《つぶ》れた声になった。

「俺は……そうだな。イチゴのフローズンカクテルにするか」

「へ⁉　……イチゴノフローズンカクテルゥ⁉」

社長の口から出るはずがないと思っていた可愛らしいメニュー名に驚愕《きょうがく》して、思わず片言になってしまう。

「ああ、どうかしたか？」

き、聞き間違いじゃなかった……だと⁉

慌ててメニューからイチゴのフローズンカクテルを探すと、一番大きい写真で載っていた。

ピンク色のシャーベット状のカクテルがロンググラスを満たしていて、グラスの上部には生クリームがたっぷり。その上にイチゴとミントの葉が飾ってある。

クールな社長がこんなに可愛いお酒を……⁉

「杉村？」

「あ、いえ、すみません。あまりに意外すぎる選択だったものでビックリしちゃって」

……って、こんな言い方したら、失礼だったかも！

慌てて取《と》り繕《つくろ》う言葉を探すけれど、社長は「よく驚かれる」と言って、少しだけ照れくさそうに口元を綻《ほころ》ばせてくれた。

「甘いものがお好きなんですか？」

「ああ、それなりに……というか、かなり。男のくせにとは思うが、なかなかやめられなくてな」

「やめる必要なんてないですよ。好きなものを好きって主張するのは、いいことだと思います」

私にはできないことだし、素直に尊敬する。それにクールな社長が甘いもの好きなんて、失礼かもしれないけどちょっと可愛いと思ってしまう。

「あれ？　でも会社の飲み会の時は、ビール頼んでませんでしたか？」

甘いもの好きだってこと、あんまり知られたくないのかな？

「ああ、こういう系の酒は作るのに時間がかかるだろうからな」

「作るのに時間がかかっちゃいけないんですか？」

「俺の飲み物に時間をかけてたら、乾杯がすぐにできないだろう。呑みたいとは思うが、大人数を待たせたくはない」

「あ、なるほど」

さすが……！

優しい社長らしい気遣いだ。

そんなことを話していたら、店員さんが注文を取りにきた。ビールとイチゴのフローズンカクテルを頼み終え、飲み物を届けてもらった時に食事を頼もうとメニューを眺《なが》めていた。すると手ぶらの店員が申し訳なさそうな顔で戻ってくる。

「申し訳ございません。ビールサーバーの調子が悪くて、ビールのご提供ができなくなってしまいまして……別のメニューをお選びいただいてもよろしいですか？」

「あ、そうなんですね。じゃあ……」

他のメニュー、他のメニュー……

女性があまり選びそうにないメニューといえば、日本酒？　いや、日本酒は挑戦したことがあるけれど、どう頑張っても美味《おい》しいとは思えなかったし、呑み切る自信がない……。そもそもビールも苦手なのだ。

『お酒が苦手なのでソフトドリンクで……』なんて言うと、お酒が呑めないか弱い女の子アピール……とかなんとか思われそうで嫌だ。それでビールを呑めるように練習したのだけど、未だに苦いとしか思えなくて、一、二杯が限度。でも、それくらい呑んでおけばお酒が苦手とは思われないだろうと勝手に判断をして、後はソフトドリンクに切り替えているのだ。

店員さんが申し訳なさそうな顔をしながら、注文を待ってくれている。

「呑めそうなものはあるか？　ないなら別の店に……」

「いえいえいえ！　大丈夫です。えっと……」

は、早く決めなくちゃ……

ふとカクテルに目がいく。

ビールという選択肢がなくなった今、このカクテルを呑む口実ができたのでは……？

万が一カクテルを呑んだという事実を他の人間に知られても、

『本当はビールが呑みたかったんだけど、サーバーが壊れちゃって注文できなかったから、仕方なくカクテルにしたんですっ！　仕方なくっ！』

……と誤魔化《ごまか》すことができる。

なんてラッキーチャンス！　壊れてくれてありがとう！　ビールサーバー！

「じゃあ、私もイチゴのフローズンカクテルで」

「かしこまりました」

念願のカクテル！　まさか今日呑むことができるなんて〜！

楽しみすぎて、食事のメニューを選ぶのに集中できない。結局食事の注文は、全部社長にまかせっきりになってしまった。

「お待たせ致しました。イチゴのフローズンカクテルになります」

やったぁああ！　きたぁあああっ！　とテンション高々に叫びだしたくなるのを我慢して、冷静な表情で自分の前に置かれるカクテルを見つめる。穴が開きそうなほど見つめる。メニューに載ってた写真と一緒！　すごく美味《おい》しそう！

「じゃあ、乾杯するか」

「はいっ！」

浮かれていることがバレないように平静を装いたいのに、自然と声が弾んでしまう。

たっぷり飾られた生クリームが崩れないように静かに乾杯を済ませ、少し太めのストローをつまむ。

「えーっと、このストローで呑んでいいんですか？」

「ああ、問題ない」

口を付けてドキドキしながら吸い込むと、ひんやり甘酸っぱい味が口の中いっぱいに広がる。

「美味しいっ！」

あまりの美味しさに、思わず大きな声が出てしまう。

「あっ……す、すみません。大きな声出しちゃって」

「構わない。口に合ってよかった」

「ジュースみたいで美味しいです。これ、本当にお酒が入ってるんですか？」

ビールだと全然減らないのに、これだとぐんぐん進む。

「ああ、ビールと同じぐらいかそれ以上入ってるから、グイグイ呑むとすぐに酔うぞ」

「えっ！　そうなんですか？」

……と言っても私、呑むとほんの少しだけ頭がぼんやりするぐらいだから、多分お酒には強い方だと思う。両親もアルコールには強いと言っていたから遺伝かもしれない。

泣いて口の中が塩辛かったから、余計に甘く感じて美味《おい》しいのかも。

熱っぽかった口の中がひんやり冷えていくのが気持ちいい。シャリシャリのフローズンの口当たりも抜群。

こんなチャンス、もう二度と訪れないかもしれないし、今日はたくさん呑んじゃおう！

食事を軽くつまみながらカクテルを喉《のど》に流し、気になるメニューを次々と頼んでいく。

「随分《ずいぶん》とペースが速いな。大丈夫か？」

「はい、大丈夫です。私、お酒は強い方なので、あんまり酔ったことないんです」

容姿や体型については遺伝が憎《にく》くて仕方なかったけれど、お酒に関してだけは感謝したい。でもあんまり冷たいものばっかり頼んでたら、酔いはしなくてもお腹壊しちゃうよね。フローズン系は控《ひか》え目にした方がいいかも。

「そうか。それならいいが、あまり無理するなよ」

「はい、ありがとうございます。そういえば社長、煙草《たばこ》は大丈夫ですか？　さっきから全然吸ってませんけど……」

「ああ、大丈夫だ」

私に気を遣ってくれてるのかな。

「あの、本当に私のことは気にしないで、好きな時に吸って下さい。それから今日は誘ってくださってありがとうございました。社長は社員と一線を引いておきたい方、ですよね？　それなのに私が泣きべそかいてたから気を遣わせてしまって……」

「別に一線を引いておきたいわけじゃない」

「え？　でも、会社の呑み会の時はいつも一次会で早々に切り上げてますよね？」

「上の立場である人間が二次会にまで行ったら、みんなに気を遣わせてしまうだろう。だから遠慮《えんりょ》しているだけだ。それに酒が入れば、色々と愚痴《ぐち》を言いたくなることもあるだろう。その時に俺がいては言えないこともあるかもしれないからな。別に一線を引いているわけじゃない」

一線を引いてたわけじゃなくて、気を遣ってただけってこと!?

なんだか社長を少しだけ身近に感じ、思わず噴き出してしまうと、社長が切れ長の目を丸くする。

「な……どうしてそこで笑う？」

「い、いえ、すみません。なんでもないです」

社長らしいなぁ……

「それに今日は、キミに気を遣って誘ったわけじゃない。俺が個人的に呑んでみたいと思ったから誘っただけだ」

やっぱり社長は優しい。私に気を遣わせないように、そう言ってくれてるんだ。

「ありがとうございます」

あの後、会社に戻ってきてよかった。今日は最低最悪な一日だと思ったけど、帳消しにできそう。

ストローでちゅるる、とカクテルを呑んでいると、なぜか社長が顔をしかめる。

「こうサラリと流されると、辛いものがあるな」

「え？」

流す？　なにを？

「……いや、なんでもない」

そう言った社長の顔は、普通の表情に戻っていた。

あれれ？

不本意そうに見えたのは、私の見間違い？　さっき散々泣いたせいか、目がショボショボしてきた……というか、頭の中がぼんやりしてきたような……

あれー……？　なんで？

「そういえば、さっきの不審者の話だが」

「ふしんしゃ？」

「不審者」

二度言われて、ようやく理解することができた。

あれ、なんかフワフワする……

「キミはたしか実家暮らしだったな。被害にあっているのは会社近くの駅までの道か？　それとも最寄駅で降りて、自宅までの道でのことか？」

「自宅までの道が多いかも、です」

「親御さんに送り迎えを頼むわけには……いかないか。この仕事だと定時で帰れることが少ないからな。……というか『多いかも』ということは、他の場所でも被害にあっているのか？」

正直に言ったらダメ！　自慢してるように聞こえちゃうかも……あれ？　どうして自慢してることになるんだっけ？

「そう、ですね」

自慢なんかじゃないのに……

「キミは目立つからな……きっと普段から苦労しているんだろうとは思っていたが、やはりか。警察に相談はしているのか？」

ぼんやりして、頭がまったく働かない。

ていうか自慢なわけないじゃん！　こんなに苦労してるのに……自慢なんかじゃないよっ！

「最初はしてました。でも追い払っても、追い払ってもまたウジャウジャと湧いてきて、しまいには警察の人に『またあなたですか』って言われましたよっ！　だからもう相談なんてしませんっ！　毎日のように現れるから、そのたびに相談してたらキリがないですし」

グラスに残っていたカクテルを一気に呷《あお》り、私はベラベラと喋《しゃべ》った。

「毎日……さすがに酷《ひど》いな。会社近くで一人暮らしするというのはどうだ？　……というか、そういえばキミは、一度一人暮らししていたな？」

カクテルのおかわりをゴクゴクと喉《のど》に流し込み、私はさらにお喋りを加速させる。

「してましたよっ！　……それなのに隣人がストーカーになりやがったので、二か月で実家に戻ったんです！　留守の間にピッキングされて部屋の中荒らされて！　たまたま仕事でいなかったから鉢合《はちあ》わせしなかったですけど、もし在宅中だったら……って考えたらゾッとします！　一人で暮らすなんて、不審者に追いかけ回されるよりも怖いです！」

「ストーカー!?　予想を遥《はる》かに上回るとんでもない目にあってるな」

んー……あれ？　私なんで正直に話してるんだろ。

こんなこと言ったら、また『自分が誘うようなことしてるんだろ』とか、『男を付け上がらせる態度を取ってるんじゃないか』とか言われちゃうかもしれないのに。

そうだ……！　それが嫌だから隠してたのに、なに話してるんだろ。仮面、外れちゃってるよ……！　私、どうかしてるっ！

「辛かっただろう。それなのにいつも何事もなかったように振る舞って……キミは偉いな」

ポンと頭を撫《な》でられ、私は目を丸くした。

どうして、偉いなんて言ってくれるの？

「ん、どうした？」

「あの、どうして責めないんですか？」

「責める？　なにをだ？」

「私が誘うような真似《まね》をするからいけない！　とか、勘違いさせるような態度をとるからいけない！　とか、言わないんですか？」

いつも取られる対応とあまりに違ったので、思わず聞いてしまった。

「しているのか？　……そういうタイプには見えないが」

「いえ！　してないですっ！　していないですけど……」

そっか、思っていても言わないんじゃなくて、本当に思ってないんだ。

鼻の奥がツンとして、さっきとは違う意味で泣きそうになってしまう。

「……ありがとうございます」

私、きっと、誰かにそう言って欲しかったんだ。

「どうしてお礼を言う？」

「え？　その、言いたかったからです。なので、ありがとうございます」

変なヤツだな、と言って笑う社長の顔を見ていると、なぜか頬《ほお》が熱くなる。これ以上見ていてはいけないような気がして、なんとなく視線を逸《そ》らし、グラスを掴《つか》む自分の指をジッと眺《なが》めた。

「一人暮らしは危険か……だとしたらやはり送迎をしてもらう方が安全だろうな」

「平気です。両親にはもう頼りたくないし、心配かけたくないんです。学生時代から同じような目にあってたから、送り迎えも散々してもらいましたし……」

「じゃあ両親じゃなくて、彼氏にしてもらえばいい」

……彼氏っ!?

「や、い、いないですし、もしいたとしてもそんなこと頼めないです」

「どうしてだ？」

「どうしてって……だってそんなこと頼んだら、迷惑じゃないですかっ！」

彼氏に送り迎えをしてもらうなんて憧《あこが》れのシチュエーションではあるけれど、それはフィクションの世界だ。実の両親でも毎日は大変だとぼやいていたのに、血の繋がりがない他人なら迷惑極まりないだろう。

「迷惑なはずがない。普通なら自分の彼女を怖い目にあわせたくないと考えるだろう」

「いやいやいや、それは社長が優しいからで……」

「これからは俺が送ってやりたい……と言ったら、困るか？」

「へ？」

赤いアセロラのカクテルを長く見続けていたせいだろうか。パッと社長に視線を移すと、彼の顔が随分《ずいぶん》赤く見えた。

目の錯覚《さっかく》……？

それにしても、やっぱり社長は優しい。彼と話していると、胸の中がポカポカ温かくて、長い冬を終え、ようやく待ち焦《こ》がれた春の木洩《こも》れ日の中を散歩しているような気分になる。

「ありがとうございます。やっぱり社長は優しいですね。でも、社長の奥さんに悪いので大丈夫ですっ！」

「は？　なんだそれは」

「社長、結婚してますよね？」

「していないし、その予定もなければ、そんな相手もいない」

「嘘っ！　してないんですか⁉」

予想が外れた。絶対結婚してると思ったのにっ！

でも、なぜかホッとしてる自分がいる。

……なんで⁉

「所内では俺が結婚しているという話になっているのか？」

「あ、いえ、私が勝手に想像してただけです。社長の落ち着いた雰囲気は、既婚者ならではのものなんじゃないかって！」

なんだそれは……と笑い、社長は少しずり落ちた眼鏡を中指で上げた。

「落ち着いてなんていない。余裕がなくて、自分でも情けないと思うこともたくさんある」

謙遜《けんそん》するところも彼らしいなぁ……

頭がぼんやりして、ポツリと「今もそうだ」と呟《つぶや》いた社長の声は聞き流してしまう。

「結婚してもいない。彼女もいない。じゃあ、どうしてたくさんの人に告白されても付き合おうとされないんですか？」

あまりに驚いたからか、カクテルが変なところに入ったらしい。社長は苦しそうにむせて、最初にもらった水を一気に呷《あお》る。

「だ、大丈夫ですか？」

「ごほっ……なっ……どうしてそれを知って……」

「廊下で告白されてるのを偶然見かけたり、見かけた子が教えてくれたり、色々情報が回ってくるんですよ。彼女がいないのに、どうして全部断っちゃうんですか？　しかも冷たい言い方で」

あ……告白した人が質問した時と同じく『答える義務はない』って言われちゃうかな。

「告白されたけど付き合う気が起きない人間には、冷たくすることに決めている。少しでも好意的な態度を見せれば希望を与えてしまうかもしれないだろう？　その方がかえって残酷《ざんこく》だと思うからだ」

優しい社長が冷たい態度を取るなんておかしいなぁって思ってたから、すごく納得。自分が悪者になることで、告白してきた人に未練を残さないようにしてたんだ。

「私が知る限りでは六年間ずーっとお断りしているみたいですけど、結構な人数から告白されてましたよね？　一人も付き合う気が起きなかったんですか？」

「ああ、起きなかったな」

「えっ……じゃあ、やっぱり……」

ユキちゃんの彼氏があげていたゲイ説が濃厚!?

いやいや、まさか……

でも今までいろんなタイプの女性から告白されて、一人も付き合う気が起きなかったってことは……やっぱり、男性が好みってこと？

「ん、なんだ？」

し、知りたい……

でもさすがにこれは失礼なんじゃゃ……あれ？　失礼ってどうして？　あれ？　なんで失礼なんて思うんだっけ？　……あんれー？

「あのぉー……社長はゲイなんですか？」

ストレートに尋ねると、社長はカクテルを噴き出しそうになる。

「ぶっ……な、なぜそうなる……!?」

「だっていろんなタイプの人から告白されてるのに、誰にもOKしないから……もしかしたらそういう可能性もあるのかな？　って思っれ……」

あれ？　なんか舌が変な感じになってきた……

「ゲイじゃない。告白を受けなかったのは、気になる女性がいるからだ」

「気になる女性……」

心臓の辺りがギュウッと締め付けられたみたいに痛くなる。

あれ……？

思わず左胸を押さえると、それに気付いた社長が首を傾げた。

「どうした？」

「あ、いえ、なんれもないれす……」

やっぱり舌がおかしくて、上手く動かせない。

「ろれつが回っていないな」

「す、すみません。おかしいれすね……」

「確か四杯目を呑んでいたところだったな。酒は強い方、と言っていたが、本当はそこまで強くないんじゃないか？　普段はどれくらい呑んでる？」

「普段はビールを一、二杯呑んれます……」

でもいつもは少しフワッとするくらいで、こんな風にはならなかった。

「それは強くない。恐らく普通だ」

「え？　そうなんれすか？」

じゃあ、これが酔っているということ？　今、心臓がギュッと締め付けられたのも、酔ってるから？

心臓が締め付けられたのは嫌だったけど、酔うってなんか楽しいかも。でも今までは酔わないようにしないとって思ってたんだよね。どうしてだっけ？　酔うと理性が利かなくなって、素《す》が出ちゃうー……って聞いたことがあるから。でも、どうして出しちゃいけないんだっけ？

……あんれー？

「もう、水に切り替えた方がいい」

「嫌れすよっ！　せっかくカクテルが呑めるチャンスらのにっ！」

カクテルを没収されそうになり、私は慌てて両手で奪い返す。

「こら、また今度呑めばいいだろう」

「今度なんてないんれすっ！　私はいつもビールを呑まないといけないんれすからっ！」

「呑まないといけないって、どうしてだ？　別にいつも好きなものを呑めばいいだろう」

「理由もナシにこんな可愛いものを呑んで、みんなから嫌われちゃったらどうするんれすかっ！」

「嫌われ？　なにを言って……」

「今日しかないんらから、取り上げないれくらはい……お願いれすから……」

取り上げられないように、残っていたカクテルを一気に飲み干す。

ああ、美味《おい》しい――……っ！

「あっ！　こら！　わかった、わかった！　具合が悪くならない程度なら好きなだけ呑んでいい。だから一気はやめろ」

「本当れすか？」

「嘘を言ってどうする。ほら、メニューだ。好きなものを頼め」

やったーーっ！

社長からOKをもらった私は、思う存分カクテルを堪能《たんのう》することができた。一口、そしてまたもう一口呑むたびに頭がぼんやりして、意識が遠のいていく。

酔った私はそのことに危機感を覚えることもなく、むしろその感覚が気持ちいいと思って、甘い味のお酒をどんどん喉《のど》に流し込んだ。

今は甘くて美味《おい》しくても、後から苦い思いをすることになるとも知らずに——

◆◇◆

『キミが好きだ』

あれ……

誰かが私を好きだって言ってくれてる。

低くて、甘くて、優しい声——その声が誰の声か、私は知ってる。

その声を聞くといつも頬《ほお》が熱くなって、胸の奥がキュンと切なくなるのだ。

嬉しい……すごく、すごく嬉しい……

心の声が喉《のど》を通って、唇からこぼれたような気がする。

『性急かと思われるかもしれないが、もう我慢できない。キミに触れたくて我慢できないんだ』

懇願《こんがん》するようにささやかれると、また胸の奥がキュンと切なくなった。

私も触れたい。触れたらこの切なさがなくなるような気がする。

胸の中にずっとある穴を埋《う》めることができる気がする。

それはこの人じゃないとダメだ。この人じゃないと嫌だ。

触れて……

心の声がまた喉《のど》を通って、唇からこぼれたような気がした。

頭がフワフワして、でも身体は指先一本動かすのも億劫《おっくう》なくらい重たい。

ああ、気持ちいい――……

背中が柔らかい。あ、私、ベッドに寝てるんだ。いつ帰ってきたか全然覚えてないけど、帰ってきて寝てるんだ。

ぼんやりする頭で、今日は楽しかったなぁなんて考えていたら、動いてないのにベッドが沈む感覚がした。

あれ……？

重たい瞼《まぶた》を開くと、そこには社長の顔があった。どうやら私は、社長に組み敷かれているらしい。

……どうして社長が私の部屋にいるの？

「しゃ、ちょ……？」

ど、ど、どうなってるの……!?

混乱しながらも慌てて辺りを確かめると、いつもの天井や景色と違う。

暖色系の間接照明に、部屋の中にはベッドが二つ。ベッドとベッドの間にはサイドテーブルがあって、その上には電話が置いてある。

あれ？　私の部屋……じゃない？　どこかのホテル？　嘘っ！　社長とホテル!?

「あ、あの、社長……わ、私……」

「こんな時までそう呼ぶのか？　名前で呼んでくれ。俺の名前は覚えてくれているか？」

ええええええ！　ど、どんなシチュエーション!?　……って、あ、そっか。私、夢見てるんだ。

「覚えてないわけがないです。……えっと、晃……さん」

まだ舌が変な感じ……ろれつは回るようになったけど、話すと舌に違和感がある。夢の中なのにそこはリアルなんだ。

「んっ……」

「ああ、そうだ。二人きりの時は、名前で呼んでくれ。俺もそうする」

社長は私の髪を優しく撫《な》でると、ちゅっと唇を重ねてきた。

きゃあああああ!?

わ、私、なんて夢見てるの!?

「莉々花、好きだ……」

耳元でささやかれると、心臓がドキンと大きく跳ねた。

もしかしてこの夢って、社長と私が恋人っていう設定？

戸惑っていると、社長がまた唇を重ねてくる。

「んっ……んんっ……」

しっとりとした唇が、ちゅ、ちゅ、と優しく啄《ついば》んできた。

ひゃあああっ！　社長、ごめんなさい。私、とんでもない夢を見ちゃってます……！

社長の唇は温かくて、ふかふかしてて、ああ……キスってこんなに気持ちがいいものなんだ。

一生体験することなんてないと思ってたけど、まさか夢の中でするなんて。私、自覚がないだけで、もしかしてものすごく欲求不満だったりするのかな？　うう、恥ずかしい。月曜日、社長に会ったら絶対赤面する！

唇を舌でなぞられると、身体が舌の動きと一緒に動いてしまう。

「んぅ……んんっ……」

緩んだ唇を割って、社長の舌が口の中に入ってきた。

嘘――……！

社長は私の髪を撫でながら、長い舌で咥内《こうない》をなぞり始める。

「んっ……んんっ……んっ……」

咥内《こうない》の至るところを社長の舌がなぞっていく。

な、な、なにこれ……

くすぐったくて、でもそのくすぐったさが気持ちよくて……

なぞられるたびに唾液が溢《あふ》れて、呑み下《くだ》すのが追いつかない。どこに置いていいかわからなくて強張《こわば》っていた舌から瞬《また》く間に力が抜ける。それを見逃さなかった社長の舌に攫《さら》われた。

舌を舌でヌルヌル擦《こす》られるたびに、お腹の奥が切なくてキュンキュン疼《うず》き出す。

なにこれ、なにこれ、なにこれ……！

『うち、キスってあんま好きじゃない。唾《つば》付いて気持ち悪いとしか思えないんだけど』

『あー、わかる。全然気持ちよくないよねぇ』

友達から聞いていた情報と全然違う。気持ち悪くなんてない。むしろ気持ちよすぎて、変になりそうだ。

ファーストキスだし、他の人と比べることができないけどわかる。

社長、キス上手すぎ……！

社長はキスが上手であって欲しいっていう私の願望のせいで、こんな夢を見ちゃうの!?

「キスは嫌いか？」

「へ……？」

「応《こた》えてくれないし、強張《こわば》っているから、あんまり好きじゃないのかと」

「あっ……ち、違……は、初めてしたから、応《こた》えるなんてどうしたらいいかわかんなかっただけで……」

「初めて？　今まで二人と付き合ったことがあると噂で聞いているが」

ああ、夢の中でもその設定、生きてるんだ。でも夢だし、正直に言っちゃえ！

「あれはその、この歳で付き合った人がいないなんて知られたら、変に思われるからと思ってついてる嘘です」

社長が驚いたように、切れ長の目を大きく見開く。

夢の中でも変に思われちゃうのかな？　やだなぁ……

すると社長がそうだったのか、と嬉しそうに口元を綻《ほころ》ばせた。

あ、れ？　変に思われてない？

「じゃあ、俺が初めての男になれるのか。嬉しい」

火照《ほて》った唇に、チュッと優しくキスを落とされた。

それって付き合うってこと!? ひゃーっ! 私、なんて夢見てるんだろう。社長、本当にごめんなさいっ!

でも、どうしてだろう。この夢が覚《さ》めて欲しくないって思っちゃってる。

社長はスーツの上着を脱ぐとベッドの外へ放り、ネクタイを緩めて強引に引き抜く。

あ、あれ? 社長、脱いでる? 首が苦しいから緩めただけ?

すると社長の指は、ワイシャツのボタンまで外し始める。

これってもしかして、ううん、もしかしなくても、そういう流れ……!? きゃあああ! わ、私本当になんて夢見てるの!?

「しゃ、しゃ、ちょ……」

「晃、だろ?」

社長はワイシャツのボタンから指を離すと、その手で私の髪をさらりと撫《な》でた。

「あ、晃さん……あ、あの、私……」

「大丈夫だ。優しくする」

やっぱりそういう流れ――……!?

私、どれだけ欲求不満だったんだろう。うう、社長、こんな夢を見てごめんなさい……!

社長に対して罪悪感はあるのに、どうしよう、拒《こば》めない。拒みたくない。欲求不満だから? それとも相手が社長だから？

答えが出る前に、上半身裸になった社長が私のカットソーに手をかけたので、なにも考えられなくなる。

「あっ……」

ぬ、脱がされちゃう……！

「怖いか？」

私はぼんやりする頭を左右に振った。

「じゃあ、恥ずかしいのか？」

小さく頷《うなず》くと、社長は少しだけ意地悪な顔で笑って私のカットソーをめくり上げた。

「ひゃっ……」

「そんな顔をされたら、もっと恥ずかしがらせたくなる。観念して、俺のものになれ」

めくりあげられたカットソーから、シンプルなデザインのブラがチラリと覗《のぞ》いている。

うう、夢の中でも外用のブラはシンプルなやつなんだ。ここは融通《ゆうずう》を利かせて、家用の可愛い下着にしてよっ！

ああ、もういいや……深く考えるのはやめよう。だって夢だもん。

社長は慣れた手付きで、私の服を次々と脱がしていく。

お酒で熱く火照《ほて》っていた身体に冷たい空気が触れて気持ちいい。けれど、社長の視線に肌をなぞられると恥ずかしくて、涼しくなったはずなのにさっき以上に熱くなってしまう。

ブラを取り払われ、カップに収まっていた胸がプルリとこぼれた。

「ぁ……っ」

思わず隠そうと伸ばした私の手よりも早く、社長の手が私の胸を手の平で包み込む。

「こんな胸をしていたのか。想像よりもずっと可愛くて、綺麗だ」

「あっ……しゃ、社長……」

社長の指が食い込むたびに、胸がいやらしく形を変える。恥ずかしいのにどうして？　目が離せない。

「また呼び方が社長に戻ってるぞ」

胸の感触を楽しむように指を動かしていた社長は、胸を掴《つか》み、強調された先端をチロリと舐《な》めた。

「ひゃぅっ……！」

舌先で乳輪をなぞられると、先端がプクリと起《た》ち上がる。硬くなった先端を舐《な》められると、身体が大きく跳ね上がった。

「や……っ……ン」

「これは嫌か？」

社長は見せつけるように舌を動かして、胸の先端をちろちろと舐《な》め続ける。舐《な》められるたびに硬く、そしてどんどん敏感になっていくみたい。

「い、嫌……じゃないです。でも……んっ……く、くすぐったくて……ぁんっ……」

くすぐったいし、変な声も出ちゃうし、恥ずかしい。でも——

「やめて欲しいか？」

尖《とが》った先端を柔らかい唇で挟《はさ》まれ、チュッと吸われるとお腹の奥が切なく疼《うず》き出す。

「……っ……ン……」

フルフル首を左右に振ると、舌の動きに遠慮《えんりょ》がなくなる。社長は右胸の先端を舌で舐《な》め転がし、もう一方の、まだ膨《ふく》らんでいない左胸の先端を指の腹で撫《な》で始めた。

「あ……っ……んんっ……」

指で弄《いじ》られた先端も、舌で舐《な》められている先端同様あっという間に起《た》ち上がって、指を押し返すくらい硬くなっていく。右の先端を口内《こうない》でヌルヌル舐《な》め擦《こす》られて、左の先端を指で抓《つ》まみながら転がされるとくすぐったくて、でもくすぐったいだけじゃなくて――

舌と指の動きと一緒に身体が跳ねて、触られてもいない大事なところがヒクヒク疼《うず》いて切ない。

思わず足と足を擦《こす》り合わせてしまうと、社長が気付いたようで顔を上げる。

「ん、どうした？」

「お、おかしく……て……」

「なにがおかしい？」

社長はクスッと笑って、顔を隠そうとする私の手を掴《つか》む。

私のなにがおかしいか、社長はきっと知ってる。

「胸、触られてると、……は、恥ずかしいところが、切なくて……」

恥ずかしい……でも夢の中だと思ったら、大胆《だいたん》なことも言えてしまう。

だってどんなに恥ずかしいことを言っても、されても、私しか知らない。目の前にいる社長は本当の社長じゃない。私が作り出した幻なのだから。

「切ないのか？　可愛いな。恥ずかしいところって、ここか？」

割れ目をストッキングと下着越しに指でなぞられると、涙が出そうなぐらいの強い刺激に襲われた。

「ぁっ……」

「ここが切ないのか？」

擦《こす》られるたびに大きな声で喘《あえ》いでしまいそうになり、私は口を押さえながらコクコク頷《うなず》いた。

「こうすると気持ちいいか？」

ある一点を集中して擦《こす》られると、頭の中が真っ白になりそうになる。

「ひぁっ……！」

「もう濡れてるな」

指の動きと一緒に、クチクチと下着の中から濡れた音が聞こえてきた。下着が恥ずかしい場所にペッタリくっ付いているのがわかる。

「あ……あぁっ……」

濡れた感触が、リアルすぎる。起きた時の現実の私、本当に濡れてるんじゃないかなってぐらいにヌルヌルだ。

欲求不満でこんな夢を見た挙句《あげく》、下着を濡らすなんて……起きた時の衝撃は想像以上に大きいだろうなと考えていられたのは一瞬だけ——指を動かされるたびに頭の中で火花が散って、なにも考えられなくなってしまう。

「あ、そ、そこ、いやぁ……っ」

切ない場所をなぞられるたびに、気持ちよくてどうにかなりそうだ。

マッサージをする気持ちよさ、お風呂で温かいお湯に浸《つ》かって一日の疲れを癒《いや》す時の気持ちよさ、どれとも違う。

こんなの、知らない……

マッサージやお風呂はいつまでも受けていたい気持ちよさだったけれど、愛撫《あいぶ》の気持ちよさはまるで違う。いつまでも受けていたら、おかしくなってしまいそうな……でも、おかしくなってみたいような……そんな危うい気持ちよさ。

生まれて初めて感じる強すぎる甘い刺激に戸惑い、私は思わず首を左右に振った。

「嫌か？」

社長はそこをなぞりながら尋ねてくる。夢だってわかっていても恥ずかしいけれど、嫌じゃない。少し戸惑っているだけで、むしろもっとこの先を知りたくて……私はまたフルフルと首を左右に振った。

「触ってもいいか？」

頷《うなず》くと社長の手が、ストッキングにかかる。ずり下ろされた瞬間、ビッと無残《むざん》な音が聞こえた。

「あ……」

下を見ると、社長の時計に引っかかって、ストッキングが伝線してしまっていた。

「す、すまない。焦《あせ》ってたせいで、注意が足りなかった。後で弁償《べんしょう》する」

「い、いえ、そんなのいいです」

どうせ夢の中だもん。それにもし実際に伝線していたとしても、ストッキングぐらいで弁償《べんしょう》なんて大げさ……って、実際なんてありえないけど。

「あの……なにか焦《あせ》るようなこと……なんて、ありましたっけ？」

「ある。早くキミの身体に触りたくて、焦《あせ》ってる。だから言っただろう。キミに関することだと、余裕なんてまったくないんだ」

「……ふふっ」

恥ずかしそうに苦笑いする社長が可愛くて、思わず笑ってしまう。いつも全然表情が変わらないのに、夢の中の社長は表情豊かだ。

私の妄想が生み出した社長とはいえ、なんだか得した気分かも。

「やっぱりキミは、笑ってる顔が一番可愛い」

社長は伝線したストッキングを引き下ろすと、私の膝《ひざ》にちゅっとキスを落とす。

「あ……っ」

ブラとお揃《そろ》いのシンプルなショーツを足から引き抜かれ、私はついに一糸《いっし》まとわぬ姿となった。

男の人の前で裸になるって、想像以上に恥ずかしい。太腿《ふともも》を撫《な》でられると、肌がブルッと粟立《あわだ》つ。

「スベスベしてるな。触っていて気持ちがいい」

「く、くすぐったい……です」

くすぐったいけど、それも気持ちがよくて……でも、もっと触って欲しいところがあって、腰がもじもじ動いてしまう。

社長の手が両方の膝《ひざ》に触れ、心臓がドキッと跳ね上がる。

「あ……」

足を広げられてしまう。

恥ずかしくて、開かれないように自然と力が入る。けれど、実際はほとんど力が入っていなかったみたいで、社長はあっさりと私の足を左右に開いた。

空気と社長の視線が、自分でもよく見たことのない場所をなぞる。空気はサラリと、社長の視線はじっとりと……

「たくさん濡れてくれてるな」

「あ、あんまり見ないで下さい……」

心臓が高鳴りすぎて、たくさん走った後みたいに息苦しい。息が荒くなると胸が激しく上下に動く。もちろん、いやらしく形を変えた。乳首も……

は、恥ずかしい——……っ！

思わず両手で目を覆《おお》うと、一番敏感な場所に刺激が走る。

「ぁんっ……」

この感触は……きっと指だ。

子供の頭を撫《な》でて『いい子、いい子』と褒《ほ》める時のように、社長の指が私の一番敏感な場所をゆっくりとなぞる。

「ぁっ……あぁ……んぅっ……」

な、なに、これ……

布越しの時以上の強い刺激を感じて、頭が真っ白になっていく。

ここに触れられると気持ちよくなれるということは、雑誌や友達の体験談で知っていた。でもこれほどだなんて……

指の動きと一緒に身体がビクビク揺れて、喘《あえ》ぎが漏《も》れる。聞いたことのない声……自分の声じゃないみたいだ。

「切ないのは直ったか？」

耳元でささやかれ、私は首を左右に振った。

「ん……ぅっ……も、もっと、切なくなってきました……」

こ、これ、どうなっちゃうの……!?

「そうか。じゃあ、もっと触らないとな」

「ぁっ……」

社長は膣口から溢れた愛液を指ですくって、敏感な場所に塗り付けながら刺激していく。

頭、おかしくなっちゃう――！

「どんどん硬くなってきた。ほら、抓《つ》まめるくらいだ」

親指と人差し指で、敏感な場所を抓《つ》ままれた。

「ひぁっ!?　あっ……だ、だめぇ……っ」

愛液でヌルヌルになってるから滑《すべ》ってすぐに指が離れてしまうけれど、刺激の余韻《よいん》はしっかりと残っている。

下半身がジンと痺《しび》れて、頭も身体も本当にどうにかなりそうだ。

「可愛いな。ここに触れられるのは好きか？」

「……っ……わ、わかんないです……でも、おかしくなっちゃいそうで……ちょっと怖い……です」

悲しくないのに、目尻から涙がこぼれた。

気持ちよすぎると、愛液だけじゃなくて涙まで出るのだろうか。そういえば口の中も唾液でいっぱいだし、裸で涼しいはずなのに身体が燃え上がりそうなぐらい熱くて汗だく。身体中の水分が、なくなってしまいそうだ。

「ああ、そうか。初めてだし、不安で怖いだろうな。でも、大丈夫だ。すぐにここに触れられるのが大好きだと思えるようにしてやる」

社長は私の足の間に顔を沈めると、指で弄《いじ》っていた場所にチュッと口を付けた。

「あっ……！」

自分の意思とは関係なく、身体がビクンと大きく跳ねる。

ちゅ、ちゅぱ、と音を立てながらしゃぶられると、触れられた場所から背骨を通って、全身に快感が広がっていく。

「ぁっ……んんっ……しゃ、社長……っ……んっ……あっ……あン……！」

柔らかくて熱い舌が、別の生き物みたいに動いて私の敏感な場所を刺激した。

身体はとろけてしまいそうなのに、そこだけはどんどん熱を孕《はら》んで硬くなっていく。

「自然に名前で呼んでもらうまでには、時間がかかりそうだな」

クスッと笑いながら喋《しゃべ》られると、敏感になりすぎた箇所に息がかかる。

「や……ぁっ……そ、そこで喋っちゃ……だめぇ……っ」

「息がかかるだけでも変な感じがするか？」

ふぅっと息をかけられ、私はビクビクと身悶《みもだ》える。

じれったくて……なおさら切なくなってしまう。

「……っ……やぁ……い、意地悪……しないでぇ……」

舐《な》めて欲しいと主張するように、恥ずかしい場所がヒクヒク疼《うず》いているのがわかる。

「キミの反応が可愛くてつい……すまなかった」

足の間から顔を上げた社長と目が合うと、照れくさそうに笑われる。

「今すぐに気持ちよくしてやる」

社長はふたたび足の間に顔を埋《う》めると、敏感な場所をねっとりと舐《な》め回した。

「ぁ……っ……あぁんっ……んっ……んっ……！」

お腹の中が煮詰まっているみたいに熱くて、どんどん愛液が溢《あふ》れてくるのがわかる。

夢っていいところで目が覚《さ》めたりして、起きた時に『あーあ、もっと見ていたかったな』と思ったりするけど、今目覚《めざ》めたらどうなるだろう。現実の私もこんな切ない状態になってるの？　だとしたら、辛くて泣いてしまいそう。

お願い、まだ覚《さ》めないで……

いやらしいこの夢をもっと見ていたいなんて思う私は、本当に欲求不満だったのかもしれない。

でも、どうしてその相手が社長なの？

社長以外の男性が夢に出てきたら私はどうしていただろう。答えに辿《たど》り着く前に、身体に変化が訪れた。足先から、なにかがじわじわせり上がってきていて、身体中の毛穴が開きそう。

な、なに？　これ……

「んっ……しゃ、社長、待って……待って下さい……わ、私、変……に……っ……あっ!?」

すると敏感な場所を根元から咥《くわ》えられ、口を窄《すぼ》めてちゅぅうと吸われた。

「――……っ……あ、あぁあっ」

そのなにかが一瞬で頭の天辺《てっぺん》まで貫いて、一気に開いた毛穴から細かな汗が噴き出した。

呼吸を忘れるほどの快感――身体から力が抜けて、指先すら動かせない。激しい運動をした時のように高鳴る心臓の音で、ようやく呼吸を忘れていたことに気付く。

なにこれ、気持ちよすぎ……ここを弄《いじ》られると、こんなに気持ちがいいものだったなんて……

もしかしてこれが噂に聞いてた、イクってこと？

こんな場所のある身体で、今までよく生きてこられたものだ。もしここがなにかのはずみで擦《こす》れていたら、大変なことに……って、そうならないようにこうやって奥にあるのかな？　なんて、とろけた頭でどうでもいいことを考えてしまう。とろけているからこそ考えるのかもしれないけど……ってそれこそどうでもいい。

「ここを弄《いじ》られるのは、好きになれそうか？」

足の間から顔を上げた社長は、濡れた唇を舐《な》めながらそう尋ねてくる。

現実なら答えられそうにない質問――でも今は、夢の中だ。

「んぅ……い、弄《いじ》られるの、好き……です」

力が入らないのは身体だけじゃなくて、唇や舌もだった。上手く動かすことができなくて、甘ったるい声になってしまう。

「可愛いな……。初めてだから優しくしたいと思っているのに、少しでも油断したら感情をぶつけて激しくしてしまいそうだ」

社長は私に覆《おお》い被《かぶ》さると、胸をさするように揉《も》みながら唇を重ねてくる。

「あ……っ……んんっ……ん……ぅ」

舌を絡められて擦《こす》りつけられると、今まで舐められていた敏感な場所がヒクヒク疼《うず》き出す。

……あれ？

腿《もも》になにか硬いモノが当たってる……？

それが彼の欲望だと気付くのに、とろけた頭でも時間はかからなかった。

初めてはとんでもなく痛いって聞くけど、夢の中でも痛いものなのかな。

社長は片手で胸を弄《いじ》りながら、さっきまで舐《な》めていた私の敏感な場所にもう一方の手を伸ばしてきた。

そして親指を敏感な場所に宛《あて》がって刺激したまま、中指をツプリと膣口に入れる。

「あっ……」

「しっかりと慣らしておかないとな……」

少し痛みを感じて下腹部に力を入れてしまうけれど、親指に与えられている刺激ですぐに力が抜ける。

一本指を入れられただけなのに、すごい圧迫感がある。これ以上太いモノなんて受け入れられそうにない。

社長は中に挿入した指をゆっくりと動かし始める。

怖い……

「大丈夫か？」

「……っ……は、はい……」

でも、これは夢だ。夢でならどうにでもなるはずだという安心感があって、社長の動きを拒絶することなく受け入れられた。

最初に感じた痛みがだんだん薄れるのを感じていると、指が新たな動きを始める。

「んぅ……っ……んんっ……」

中を広げるように、くるくるかき混ぜられた。

「ぁっ……あぁっ……ン……っ……んぅ……っ」

そんな動きを繰り返されているうちに、指一本で限界を感じていた中は二本目の指を受け入れることに成功する。

「そろそろ大丈夫そうだな」

指を引き抜かれてもまだ入っているような感覚があった。中がヒクヒク収縮を繰り返す。

私の中をかき混ぜていた社長の指は、ねっとりと透明な愛液にまみれていた。指と指の間は透明な糸が紡《つむ》いでいて、指の腹は少しだけふやけて皺《しわ》ができている。

次の瞬間、社長は躊躇《ためら》うことなく指に付いた愛液を舐《な》め取った。

ゆ、夢の中とはいえ、なんてことを～……っ！

夢は潜在意識の表れというけれど、私は社長とエッチしたいだけじゃなくて、こんな卑猥《ひわい》な行為までしてもらいたいと思ってるってこと!?

「な、舐《な》めちゃだめです！」

「どうしてだ？」

「だって、そんなの舐《な》めるものじゃないのに……」

恥ずかしくて、だんだん声が小さくなる。聞こえるか聞こえないかの声でモゴモゴ抗議すると、少しだけ意地悪な顔で笑われた。

「そう恥ずかしがられると、なおのこと舐《な》めたくなるな。せっかく濡らしたけど、全部舐《な》め取ってしまおうか？」

「そっそそっそそんなのだめです……っ」

この台詞《せりふ》も私の願望!? ああ、社長、本当にごめんなさいっ……!

居たたまれなくて両手で目を覆《おお》うと、金属の音と布が擦《こす》れる音、そしてなにかのパッケージを開く音が聞こえた。

この音って、もしかして……

指と指の間からチラリと覗《のぞ》いてみると、やっぱりコンドームの袋を開く音だ。

ボクサーパンツを脱いで私同様全裸になった社長は、手慣れた様子で反り立った自身にコンドームを装着する。

私の想像力すごい……!

友達と一緒にAVを見たことはあったけど、局部にはモザイクがかかっていた。加えて、手に入れる機会もなかったからコンドームなんてまともに見たことなかった。それなのに股間もコンドームも細部まですごく鮮明!

夢の中だし、見たことがないものはぼんやりモヤがかかっていたり、都合よく見えないようになるかと思っていた部分まで、とんでもなく高画質だ。

それにしても大きい……指とは比べものにならないぐらい大きいんだけど、私の中の社長のイメージっていったい……ああ、社長、本当にごめんなさいっ!

「なに見てるんだ?」

クスッと笑われ、頬《ほお》が燃え上がりそうなほど熱くなる。

バ、バレてた……

「まったく痛くない……とはいかないと思うが、なるべく痛みを感じないように優しくするから頑張ってくれ」

こくこく頷《うなず》くと、社長が覆《おお》い被《かぶ》さってくる。

社長は濡れた膣口に準備を整えた自身を宛《あて》がうと、ゆっくりと腰を進めてきた。

「……っ……い、痛……っ」

少し入ってきただけなのに、目の前に火花がバチバチッと散ったように感じる。

い、い、い、痛い～……！

夢だからそこまでの痛みは感じないと思っていたのに、予想を遥《はる》かに上回る痛みだ。それに指とは比べものにならない圧迫感で、胃が口から出てしまいそう。

固まる直前のプリンのようにとろけていた身体が、いつか食べようと思って冷凍庫の奥深くにしまったまま数か月忘れ去っていたアイスのようにガッチガチに硬くなった。あまりの痛みに社長の背中に爪を立ててしまったようで、彼の眉間《みけん》に皺《しわ》が寄る。

「あっ……ご、ごめんなさ……」

「構わない。痛みを感じるのがキミだけというのは不公平だ。いくらでも爪を立ててくれ。それよりも息を止めると辛くなる。急に入れたりしないから、ゆっくり深呼吸をしてみろ」

どうやら痛みのあまり呼吸が止まっていたようだ。社長に言われた通りに深呼吸を繰り返しているうちに、痛みに慣れてきたようでだんだん痛みが和《やわ》らいでいく。

「よくなってきたか？　じゃあ、もう少し入れるぞ？」

「は、い……っ……ひぅ……っ」

痛みを感じるたびに社長は動きを止めて、私が痛みに慣れるのを待ってくれる。

爪を立ててもいいとは言ってくれたけれど、なるべくそうしたくない。でも痛みに耐えるためにはどうしても指に力が入ってしまって、社長の背中に爪痕《つめあと》が増えていく。

「莉々花、あと少しで全部入る。耐えられるか？」

声を出すのもきつくて、私は辛《かろ》うじて頭を縦に振る。

ゆっくりと体重をかけられ、社長の欲望が一番奥にゴツンと当たるのがわかった。

「――……っひぅ」

「……入ったぞ。よく頑張ったな」

髪を撫《な》でられると、下半身は引き裂《さ》かれそうなぐらい痛いのに気持ちがよくて、ほろりと涙がこぼれた。

「痛みが楽になるまでこうして動かないでいるから安心していろ」

よかった……このままガンガン動かれたら、大げさな話かもしれないけど死んでしまいそうだったから。

「痛みのせいか、乾いてきたな……莉々花、今触れられるのは辛いかもしれないが、少しの間我慢してくれ」

また痛いことをされるのかと思って身構えていると、社長は唇にキスしながら両手で胸を愛撫《あいぶ》し始めた。

「ン……っ」

咥内《こうない》をねっとりと舐《な》められていくうちに、痛みで引きつっていた舌がまたとろけていく。絶妙なタイミングで舌を絡められ、ヌルヌルと擦《こす》られる。

大きな手の平で揉《も》みしだかれた胸は、パン生地のように形を変える。それから指と指の間に挟《はさ》んだ乳首をこねくり回され、甘い快感が身体中に広がっていく。

「ん……ぅっ……んんっ……んっ……ン……」

刺激されるたびにお腹の奥がキュンキュン疼《うず》いて、受け入れている社長のモノを自分の意思と関係なく締めつけてしまう。

キスと愛撫を続けてもらっているうちに、辛かった痛みが和《やわ》らいでいるのに気付く。痛くなくなった……というよりは、慣れたのかもしれない。

社長はチュッと音を立てて唇を離すと、「また、濡れてきた」と微笑《ほほえ》む。

「動いても……大丈夫そうか？」

声を出そうとしたけれど声が出なかったので、クラクラする頭を縦に振った。

動かれたらもっと痛くなりそうで怖い。でも、動いて欲しい。この夢を逃したら、もう一生社長とエッチできる機会なんてない。

……って、あれ？　私、どうしてそんなこと思うの？

疑問が生まれたけれど、深く考える前に社長が動き始めたので考えられなくなる。

遠ざかっていたと思っていた痛みがまた襲ってきて、また社長の背中に爪を立ててしまう。

「……っ……」

「ご、ごめ……んなさ……っ……わ、私……んっ……ぁっ……痛……っ……んんっ……」

一度腰を引いてまた押し入れられると、苦しくて胃が口から出ちゃいそうだ。

痛くて、苦しくて、熱くて……身体の中が燃えてるみたい。

「大丈夫だ……痛い思いをさせてすまないな。なるべく早く終わらせるから、もう少し頑張ってくれ……」

髪を撫《な》でて子供のようにあやされると、胸の奥がキュンとしてなんでも耐えられそうな気分になるのはどうしてだろう。

「……っ……すごい……な。吸いついてくる……」

「す、吸い……？」

「気持ちいいということだ。……キミに痛い思いをさせているのに、すまない……な」

社長は眉間《みけん》に皺《しわ》を寄せて、息を荒らげる。

彼がこんな顔をしているのは、私が背中に爪を立ててしまっているから痛くてなのか、それとも挿入して気持ちがいいからなのかはわからない。でも、普段は絶対に見ることのできない表情なのはわかる。

痛みで目を瞑《つむ》ってしまいそうになるけれど、私は必死で目をこじ開ける。

もう二度と見ることのできない表情――目に焼き付けておきたい。

肌と肌がぶつかり合うのと一緒に、社長のモノで愛液がグチュグチュとかき混ぜられる音が聞こえる。

お、音がいやらしすぎる……！

何度も擦《こす》られているうちに、わずかだけどそんなことを考える余裕ができてきた。

でもその音を聞いているとお腹の奥が疼《うず》いて、しばらくすると水音が大きくなる。かき出された愛液が繋がった場所から垂《た》れて、シーツもお尻もベトベトだ。

ベトベトする感触まで、リアル……

「……っ……すまない。もうすぐ終わらせる……から、少し、激しくしてもいい……か？」

「大丈夫、です……っ」

腰を動かされながら話すと、奥に当たった瞬間に声が上擦《うわず》ってしまって恥ずかしい。

こんなリアルな夢を見ちゃうなんて、私……想像力が逞《たくま》しすぎない!?

「ありがとう。少しだけ……我慢していてくれ……」

社長は額にキスを落とすと私の足を両手で持ち上げ、徐々にスピードを加速させていく。

「あっ……あっ……あっ……んんっ……はぁ……んっ……あっ……あぁっ」

激しく動かれたら絶対痛いと思ったのに、最初よりは平気だった。

鼻からの呼吸だけじゃ追いつかなくて口を開くと、奥に当たるたびに恥ずかしい声が漏《も》れてしまう。唇を噛んで我慢しようとしても徒労に終わる。

「そろそろイキそうだ……。あと少しで、痛くなくなる……からな」

「……っ……は、はい……んっ……んぅっ……んっ……」

それから何度か抽挿《ちゅうそう》を繰り返した社長は、動きを止めて苦しげな声とともにコンドームの中に吐精した。

「ぁ……っ」

社長の……ビクビク動いてる。

「我慢してくれてありがとう」

社長は根元を押さえながら自身を引き抜く。そうして私の髪を優しく撫《な》でながら、唇にちゅ、ちゅ、と啄《ついば》むような可愛いキスをしてくれた。

もう入っていないのに、ジンジンしてまだ中にあるみたいな感覚がある。社長はティッシュを何枚か取ってコンドームを包んで捨てると、また何枚か引き抜いてびしょ濡れになった私の恥ずかしい場所も拭《ふ》いてくれた。

「あっ……わ、私、自分で……」

「すぐに終わるから、イイ子にしていろ」

一度じゃ拭《ぬぐ》いきれなくて、何度も拭《ぬぐ》ってもらうはめになった。現実の私もこれくらい濡れているのだろうか。下着どころかパジャマまで染みてるかも……ああ、起きるのが怖い！

自身も綺麗にした社長は私の隣に寝転び、抱き寄せてきた。

痛みから解放されて身体の強張《こわば》りが解《ほぐ》れたせいか、激しい眠気が襲ってくる。

「汗やらなにやらでお互いベタベタするな。微睡《まどろ》みたいところだけど、シャワーを浴びておくか？」

ああ、不思議。夢の中でも眠たくなるものなんだ……

ここで寝たら、夢はどうなるんだろう。覚《さ》めちゃうのかな？　それとも別の夢になったりするのかな？

「眠いか？　じゃあ、シャワーは起きてからにしよう」

「んん……はぁい」

まだこの夢を見ていたいけど、もう限界――

必死にこじ開けていた瞼《まぶた》にとうとう力を入れていられなくなり、気が付けば眠りに落ちていたのだった。

◆◇◆

どれだけ寝たんだろう。

「ケホッ……ん……」

喉《のど》の渇《かわ》きを覚えてぼんやり目を開くと、激しい頭痛と気持ち悪さに襲われた。

「痛ぁ～～……」

なんでこんなに頭が痛いの？　なんで砂漠《さばく》を歩いてきたみたいに喉《のど》がカラカラなの？　いや、砂《さ》漠《ばく》なんて歩いたことないけどー……ってそうだ。私、昨日社長と一緒にたらふく呑んだんだった。

うう、胃が気持ち悪い。頭が痛い……

二日酔いになるまで呑んだのなんて初めてだ。ああ、今日が土曜日でよかった。とりあえず水が呑みたい。

それにしても昨日はとんでもない夢を見てしまった。あんまり覚えてないけど、社長とエッチしちゃう夢……

社長といっぱいキスして、胸を揉《も》まれて、あんなところペロペロ舐《な》められて……それに、とんでもなくいやらしいことを口走っちゃったような……

「あー……っ」

社長、変な夢を見てごめんなさい……っ！

それにしても、夢の中とはいえ、どうしてエッチする流れになったのだろう。恋人になったっていうシチュエーション？　うーん……

思い出そうと頭を働かせれば働かせるほど、いやらしいことしか浮かんでこない。

恥ずかしくて足をバタバタ動かしながら悶絶《もんぜつ》すると、下腹部にズクンと鈍い痛みが走る。

――え……？

生理始まっちゃった？　というか、生理痛にしては痛すぎる。

「ん……」

隣からかすれた低い声が聞こえてきて、心臓が警鐘《けいしょう》を鳴らすように大きく跳ねた。

ま、まさか……

恐る恐る目を開くと、自分の部屋の天井と違う。でも、間接照明の形や、ベッドの隣にあるサイドテーブル、その上の電話には見覚えがある。夢で見たのと同じ――

「嘘……」

え、嘘……嘘でしょ？　まさか、そんな……

声が聞こえた方を見ると、そこには眼鏡を外してスヤスヤ眠る社長の姿があった。

あまりのことに飛び起きたら、かけていたブランケットが落っこちて、一糸《いっし》まとわぬ自分の姿が視界に飛び込んでくる。

いやあああああああああ――……！

仮面二　物質《ものじち》を奪還《だっかん》せよ

昨夜の私に、一体なにが起こったというの……

ホテルで社長より先に目を覚《さ》ました私は、パニックになりながらも身支度《みじたく》を整え、彼が目覚《めざ》める前にホテルを後にした。

てっきりラブホテルに連れ込まれたのかと思ったけれど、社長と一緒に呑んだお店近くにある一般的なビジネスホテルだった。

どうして社長と一緒にホテルへ？

……うう、全然思い出せない。

エッチの内容は断片的になら思い出せるのに、お店を出てからホテルへ行くまでの流れは少しも思い出せない。

記憶がないってことは、呑みすぎて具合が悪くなっちゃったってこと？　それで身動きがとれなくなって、近くのビジネスホテルへ……って、どうしてそれからエッチする流れに⁉

仮にこれが社長じゃない男性にされたなら、酔って意識が朦朧《もうろう》としてるのをいいことに、ホテルへ連れ込んで欲望のはけ口にしたんでしょ？　と思うところだけど、相手は社長だ。

あの社長がまさか……！

信じられない。信じられないし、ありえない！　でも、あの人に限ってまさか！　ということだってある。友達からそういう話をたくさん聞いたことがあるし、私も現に高校時代、尊敬していた既婚者の男性教師から身体の関係を持ちかけられてドン引きしたことがあるのを今さら思い出した。

本当に優しい人なら、仕方なくホテルへ連れて行ったとしても、エッチに持ち込むはずがない。『酔って動けなくなってしまったので、ホテルに来ました』とかなんとか状況がわかるような書き置きを残して、帰るなりなんなりするはずじゃない？

社長も私の周りにいた男の人と同じなんだ。仕事ぶりを見て尊敬していた彼の本性《ほんしょう》を、まさかこんな最悪な展開で知ることになるなんて……！　こんな最悪な形で初体験を済ませることになるなんて……！

「ううううう～……もう、なんで記憶なくすまで呑んじゃったの……っ！　私のバカー……！」

やっとのことで自宅に帰ってきた私は、親に聞こえないように自室で枕に顔を埋《う》めて叫んでいた。

後悔しても、もう遅い。エッチをしたことは事実なのだ。

正直な話……私は自分の意思でお酒を呑んで、酔った勢いで男性と行為に及んで後悔する女性のことを蔑《さげす》んでいた。女性とならまだしも、男性と一緒の時に自分の限界を越えてまで呑むなんて浅はかだ！　なにをされてもおかしくないでしょ！　と思っていた。

私じゃんっ！　紛《まぎ》れもなく私じゃんっ！　浅はかなのは私ですっ！

ああ、自業自得とはいえ、来週からどんな顔して出社すればいいの……

◆◇◆

時間よ、止まれ～！

なんて思っても、無情に時間は流れていくわけで……

どんな顔をして出社していいかわからないまま、月曜日を迎えてしまった。

会社に着いてからも社長が気になって、なかなか仕事に集中できない。意識がバラバラになっているせいか無造作に置いたペンにマウスをぶつけ、デスクの下へ転がしてしまった。

「あっ」

ペンを回収するためにデスクの下に潜《もぐ》ると、社長の声が聞こえてきた。どうやら電話をしているみたいだ。そちらに意識が集中していたせいか、ペンを拾って立ち上がろうとしたら思いきりデスクに頭をぶつけた。

「痛《い》った〜……！」

「す、杉村先輩、大丈夫ですかぁっ？　すっごい音しましたよぉ？」

ユキちゃんが慌てた様子で私に駆け寄って、たんこぶができてないか確認してくれた。

「だ、大丈夫……あは、あはは……」

頭は大丈夫だけど、社長が気になりすぎて心が大丈夫じゃない。

「杉村、ちょっといいか？」

「ひゃいっ!?」

声が裏返ってしまって、周りからクスクス笑い声が聞こえる。

「パルファムから追加の依頼がきている。メールで概要を送った。確認してくれ」

「わ、わかりました」

あからさまに挙動《きょどう》不審《ふしん》な私に反して、社長はいつも通りだ。

まるでなにもなかったみたいで、あのことは夢なんじゃないかって思えてくる……。

そういうことに慣れてるから、こうも普通にできるのだろうか。

人は見かけによらないっていうけれど、やっぱりそうなのかも。だって現に私だってそうだ。オヤジの仮面を被《かぶ》った私と、中身では全然違う。

ああ、頭の中がグシャグシャ……。

メールを確認した後、気分転換も兼《か》ねて自販機でジュースを買うことにした。

自販機にお金を入れながら考えるのは、やっぱり社長のこと……

一夜の過《あやま》ちなんて後悔しかないけど、社長が初体験の相手だったことに対しての嫌悪《けんお》はまったくなかった。相手があの合コンの相手だったら？　と想像したら、鳥肌がブワワッと立って治まらない。

どうして社長だと、嫌悪感《けんおかん》がないんだろう。顔見知りだから？　じゃあ他の男性社員でも……と想像したらやっぱり鳥肌が立つ。

どうして……

いつもなら甘い飲み物は自宅以外では買わないのに、うっかり大好きなアイスココアのボタンを押していた。

しまった。アイスココアって可愛く見えないかな？　……間違えて買っちゃったことにすればいいか、なんて考えながら、取り出し口に手をかけてしゃがんだままぼんやりとしてしまう。

しばらくそうしていたけれど、コツコツと響くヒールの音で、ハッと我に返る。顔を上げると、目黒さんが近付いてきていた。

彼女の顔を見て、ようやく金曜日の合コンのことを思い出す。

そ、そうだ、社長とのことですっかり忘れてたけど、こっちの問題もあったんだ……

「お、お疲れ様です……」

「お疲れ様、さっきは随分《ずいぶん》と間抜けな声だったわね。社長に声をかけられたからって舞い上がっちゃったのかしら？」

目黒さんは鼻で笑うと、私がまだ買った飲み物を取り出さないうちに自販機へお金をどんどん入れていく。今ボタンを押されたら、手の上に落ちてきかねない。慌てて取り出すと、その後すぐにミルクティが振ってきた。

「私、舞い上がってなんていません」

あ、危なかった……

「あら、ムキになるってことは図星だったのかしら？」

金曜日まではやましいことなんて一つもなかったけど、今は状況が違う。本当にそんな態度を取っているんじゃないかと不安になってしまい、背中に冷や汗が流れる。

「それから、金曜日のこと……途中で帰るなんて、失礼なことをしてくれたわね。今日すぐに謝ってくるのかと思ったけど、まったく気にしてなさそうだったから驚いちゃったわ。あなた、どういう神経してるの？　常識がないんじゃない？」

そ、そうだった……

陰であんなことを言っていた目黒さんに謝るのは癪《しゃく》だけど、途中で帰って迷惑をかけたことにはかわりないし……

「……すみません、配慮《はいりょ》が足りませんでした」

「ふん、言われて反省するなんて、猿でもできるでしょうに」

はいはいはいっ！　トイレで事実無根の悪口を言うなんて、猿の私には到底できませんよーだっ！

心の中で悪態をつきながらも、すみませんともう一度謝った。

社長とホテルに行ったことを万が一目黒さんに知られたら、やっぱり色仕掛けで仕事を取ったって言われそう。

想像したらゾッとした。

ああ、ホテルに入る時、誰にも見られていませんように……っ！

「まあ、いいわ。この前のメンズメンバーからメールが来たら、金曜のような失礼がないように連絡してちょうだいね」

「へ!?　メールってあの、私、連絡先教えてないんですけど……っ」

「連絡先が知りたいって言ってたから、私が教えておいたのよ。感謝してちょうだいね」

感謝なんてするわけないしっ！　というか普通、人の連絡先を勝手に教える〜……!?

常識がないのはどっちだと言ってやりたかったけれど、これ以上の波風を立てたくなかったので、遠ざかっていく目黒さんの背中を眺《なが》めながらグッと堪《こら》えた。

◆◇◆

金曜のこともあって気まずいし、社長とは二人きりになりたくない。二人きりにならないようにしなくちゃ！

……と思っていたのに、定時間際に急ぎの修正指示が入ってしまい、現在二十三時——

「お先に失礼します」

「お疲れ様ですー……」

「お疲れ」

私と社長以外が全員退社し、二人きりになってしまったのだった。

ああああああっ！　恐れていた事態に……っ！　結局二人きりっ！　待って！　待って下さいぃいっ！　あと十分あれば、私も帰れそうなんです！

なんて心の中で叫んでも、待ってくれるわけがない。

私がマウスを操るわずかな音と、社長の静かなタイピング音だけが社内に響く。

気まずすぎて、窒息《ちっそく》しそう！

呼吸が浅くて酸素不足になっているせいなのか、目がかすんで画面に表示されているデザインがワントーン……いや、ツートーンぐらい暗く見える。

私、頑張れっ！　早く終わらせろ！　頑張れっ！　頑張れっ！

自分で自分にエールを送って、十分かかるところを五分ほどで終わらせた。

やったー……っ！

データをしっかり保存して、すぐにパソコンをシャットダウンさせる。帰り支度《じたく》を整えていると、

「杉村」と低い声で呼ばれ、心臓が飛び出すんじゃないかって勢いでドキッと跳ねた。

「は、はいっ」

「終わったのか？」

落ち着け私！　社長は仕事のことで話しかけてきたの！　過度に反応しない！　平常心！　いつも通り！

「はい、今日の分は終わりました」

「そうか。……では、もうプライベートな話をして構わないな」

へ……？

社長は席を立つと、私の隣の席に腰を下ろした。その表情はどこか硬くて、より緊張してしまう。

「土日に電話とメールをしたんだが」

「電話？　あっ……」

そういえば土日の間、とんでもない失態を悔《く》やむばかりで一回もスマホ見てなかった！

カバンからスマホを取り出すと、操作しても画面が真っ暗……どうやら充電切れのようだ。

「す、すみません。全然スマホ見てなくて……途中で充電が切れちゃってたみたいです」

「気付いているのに出ないのかと思ったが……そうか、それならいい」

社長は安堵《あんど》の表情を浮かべ、眼鏡を外して目頭を指で抓《つ》まんでため息をこぼした。

心配、してくれてたのかな。優しい社長らしい……って、ううん！　違う！　本当に優しい人なら、酔い潰《つぶ》れた女性を抱いたりなんてしないっ！

「身体の具合はどうだ？　……痛まないか？」

「……っ……！」

やっぱり夢じゃなかった。いや、夢なわけがないんだけども……！

頬《ほお》が燃え上がりそうなほど熱くなる。口をパクパクさせるけど声が出なくて、茹《ゆ》だるような頭をなんとか縦に振った。

「そうか……」

どうしてあんなことになったのか聞こうか……いや、でも怖い！　事実を知りたくもあり、怖くて知らないままにしておきたくもある。

「目が覚《さ》めたらキミがいなくて驚いた」

「す、すみません……あの、私、お先に失礼します……っ」

気まずさの限界を迎えて逃げるように席を立つと、手首を掴《つか》まれた。

な、な、なんで掴《つか》むの!?

「あ、あ、あの……っ」

「この後、予定はあるか？」

「へ……っ!?」

コノアトヨテイハアルカ……この後、予定はあるか!?　なんで!?　なんでそんなこと聞くの!?

ま、まさか……

「予定がないのなら、食事へ行かないか？」

やっぱりお誘い――！

「で、でも、終電が……」

「帰りはタクシーで送る。……俺としては一緒にいたい気持ちが大きいから、そのまま家に泊まっていってくれたら嬉しいんだが」

と、と、泊まり⁉

それってもしかして、ううん、自意識過剰すぎるかも⁉　……ってことはないよね⁉

だって一線越えた男女が、お泊まりするといえば当然――そういう流れでしょ⁉　社長は私をセフレにしたいってこと⁉

尊敬していた社長のイメージが一気にガラガラと崩れ落ち、泣きそうになってしまう。

「ちょ、ちょっと待って下さいっ！　離して下さいっ！　私、そんなの……セフレなんて絶対嫌です！　見た目で誤解されるんですけど、この前みたいなことをいつもしてるわけじゃないです！　私……初めてだったんです！」

手を振りほどこうと上下に動かしながら捲《まく》し立てたけれど、社長はしっかりと私の手首を掴《つか》んだまま。

「ああ、知っている。初めてだと言っていたし、痛がっていたし、シーツには血も付いていたからな」

え？　私、言ったっけ……？

頭を必死に働かせると、断片的に痛がった記憶がよみがえってきた。

「それから俺もセフレなんて絶対に嫌だ」

「……へ？　え？　あの、じゃあ、どうして私を……その……」

途中まで言ったものの、どうして抱いたんですか？　なんて直接的な言葉はどうしても口にできない。

「まさか覚えていないのか？」

社長は衝撃を受けたように目を見開いて、眉をひそめながら恐る恐る尋ねてくる。

小さく頷《うなず》くと、社長はガックリと肩を落としてため息を吐く。

「……大分酔っているとは思っていたが、まさか記憶をなくされるとは……そうか……そうか……」

「あ、あの……」

「まったく覚えていないのか？」

「断片的には……でも、どうしてあんなことになったのかは……すみません、わかんないです」

社長はまた大きなため息を吐くと、目に見えるほどにうなだれた。

な、なに？　どういうことなの？

知るのは怖い。でも、やっぱり知りたい……！

「あの、どうしてあんなことになったんでしょう……」

ドキドキする心臓を押さえながら尋ねると、社長が顔を上げた。まっすぐな視線を向けられると、
気まずいのになぜか逸《そ》らせない。

「あの日、俺はキミに好きだと告白をした」

へ……っ!?

「こ、こくっ……え!?　う、嘘……っ」

「嘘を言ってどうする。キミは酔っていたが、嬉しいと言ってくれた。俺はそれを了承と取って、

彼女になってくれたものだと思ったんだが……」

混乱する私に、社長は時系列順に金曜日の詳しい話を聞かせてくれた。

あの日ダイニングバーを出た私は、まだ呑み足りないから二軒目に行きたいと社長におねだりをしたそうだ。

けれどその時点で私は、たらふく呑んでいた。さすがに二軒目では具合が悪くなるだろうと思った社長は、飲みに行く前にした約束通り、私をタクシーで送って行こうとしたのだけど……

『杉村、住所は言えるか？』

『じゅうしょ……？　ちきゅうです……』

『いや、地球なのはわかっているが……』

『ちきゅう……ぷふっ……あはっ』

あああああ……ちょっとだけ思い出した。

あの時は『地球です』が最高のギャグに思えたんだっけ。……寒っ！　今すぐ南極へ行っちゃえ！　最高どころか最低だし！

「……よく殴りたくなりませんでしたね」

「なるわけがないだろう。……笑うキミを見ていたら、俺までツボにハマって笑ってしまった」

「えっ!?　わ、笑ったんですか？」

「ああ、涙が出るほど笑った。あんなに笑ったのは久しぶりだな」

社長、それツボにハマったっていうか、多分社長もすごく酔ってたんだと……


それで、このままではタクシーに乗っても住所が言えない。調べようにも、住所が載っている社員名簿は会社。どうしたものかと考えていたら――

『うーん……眠いです……』

『まだ寝てはだめだ』

私の意識が辛《かろ》うじてまだあるうちに、ビジネスホテルへチェックインしたそうだ。

『ほら、水だ。飲めるか？』

『うう、お腹チャポンチャポンです……』

『さっきまでもう一軒行きたいって言ってただろう。チャポンチャポンでもちゃんと飲め。具合が悪くならないように、血中のアルコール濃度をとにかく下げろ』

すっごく嫌な顔をしながらも、私はなんとかお水をグラス半分ほど飲んだらしい。そんな私をベッドへ横にさせた社長は、翌朝起きた私が混乱しないように、なぜホテルにいるかという経緯を書いたメモを残して帰るか、それともこのままここに残るか悩んだらしい。

今は気持ちよさそうに寝てるけど、これだけ泥酔していると吐いて喉《のど》に詰まらせる可能性もある。一人で残していくのはどうしても不安だし、シングルじゃなくてダブルの部屋も取れたことだし、私が落ち着くまで残ることにしたそうだ。

『うう、水……』

『ああ、ほら、ちゃんと飲め』

私は二十分に一回は起きて、ちゃっかりと水を要求したらしい。そのたび社長は赤ちゃんにミルクをあげる母親のごとく水を飲ませてくれたようで、最初はリンゴ？　と思うほど真っ赤だった私の顔色は、用を足して水を飲むことを繰り返しているうちにいつもの肌色へ戻ってきてホッとしたのだと語る。


あ、あ、ありえない……！　私、どれだけ失態を重ねれば気が済むの⁉

今までお酒に強いと思ってきたけど、弱いにもほどがある……！

「よく殴りたくなりませんでしたね……」

「なるわけがないだろう。むしろキミと一緒にいられる口実ができて嬉しかったぐらいだ。殴られないといけないのは俺だろうな」

今の、幻聴《げんちょう》⁉　はたまた私、まだ酔ってる……⁉

思わず今まで自分が口にしていたものを確認すると、当たり前だけどお酒じゃなかった。


『水、飲むか？』

『うぅーん……もう、大丈夫ですー……』

救いようがないほどバカな私は、トイレから帰ってくるたびにスカートを穿《は》いていることなんて忘れて無造作に寝転び、太腿《ふともも》を露《あら》わにしていたそうだ。

社長は何度もスカートを直してくれていたそうだけど、そんな風に振舞われるなんて自分はあまりにも男として見られていないと感じてショックを受けたらしい。

『少し無防備すぎるんじゃないか？』

『むぼうび……？』

『足だ。さっきから見えてるぞ』

注意すると私はぼんやりした目で自分の足を眺《なが》め、慌てた様子で飛び起きて乱れを正したそうだ。

『や、やだっ……すみません……っ』

予想外の反応――

男として見られてる？　いや単に恥ずかしかっただけかもしれないと思い直し、さらに注意を重ねることにしたらしい。

『俺も男だ。少しは危機感を持ってくれないと困るぞ。他の男の前でもそんなに無防備なのか？』

『そんなわけないじゃないですかー……。社長以外の男の人と二人きりでなんて、絶対呑みに行きませんよぉ……』

そう言って私はまた横になり、夢の中へ旅立ちそうになっていたらしい。

うん、あの時点での私はそう思ってた。

社長以外の男性に誘われて呑みに行くなんて、貞操《ていそう》的な意味で自殺行為だ。社長ならそんなことは絶対にしないと思ってたし……

「俺は特別みたいなことを言ってくれたから、もしかしたらキミも俺と同じ気持ちでいてくれるんじゃないかと思って、酔いも覚《さ》めてきている様子だったし『キミが好きだ』と、告白したんだ」

「……っ！」

そこから、記憶にある……

誰かに好きだって言ってもらった。私はその声が誰かなのかわかっていた。そして、なぜか嬉しいと思ってしまった。

「小さな声だったけれど、キミは『嬉しい』と確かに言ってくれた」

そう、思った言葉が唇からこぼれてしまったような気がする。

「俺はその言葉を聞いて両想いだと受け取ったんだが、違ったのか？」

「それは……」

「抱いたのも両想いになれたと思ったからだ」

男性には正直幻滅《げんめつ》しかしてこなかったけれど、私の中で社長は特別だった。

他の男性とは違う存在だった。一夜の過《あやま》ちを犯したことに対して後悔はしていた。でも嫌悪《けんお》感はまったくなかった。

そう感じたのも、社長の告白を嬉しいと思ったのも、きっと私が社長に惹《ひ》かれていたからなんだ。

本来なら好きな人から告白されて、喜ばしい状況なのだろう。実際私は今、すごく嬉しい。

すごく嬉しいけれど……目黒さんや会社の人達の顔、それから小中学校の苦い思い出が頭をよぎって、心臓が嫌な音を立てる。

ただでさえ色仕掛けで仕事を取ったと思われてるのに、社長と付き合ったら噂は激しくなるに違いない。今は目黒さんからしかそう言われたことはないけれど、今後もし私に大きい仕事を任せてもらえるチャンスが訪れたとしたら？　その時にちょうど社長との仲が露見《ろけん》したとしたら？

絶対に社長の恋人だから仕事をもらえたって思われる……！

「酔っていて覚えていないのなら、もう一度告白するまでだ。俺はキミが好きだ。俺と付き合って欲しい」

嫌な音を立てていた心臓が、今までとは別の意味で大きく高鳴る。

嬉しい。でもデザインは、私がやっと顔以外で認めてもらえるようになった大切なもの……失いたくない。失うのが怖い。デザインを失ったら、私はなにもなくなってしまう。

「……っ……ご、ごめんなさい」

「じゃあ、なぜ俺に抱かれた？　触れてもいいかと聞いた時、頷《うなず》いていただろう」

私の手首を掴《つか》んだままの社長の手に、ギュッと力が入る。

「それに随分《ずいぶん》と可愛いことも言ってくれていた」

「え？　可愛いことって……」

「それも覚えていないか？」

可愛い……あっ！

『胸、触られてると、……は、恥ずかしいところが、切なくて……』

『切ないのか？　可愛いな。恥ずかしいところって、ここか？』

い、いやあああああ！

恥ずかしい言葉の数々を思い出し、その場にゴロゴロ転がって足をばたつかせたくなる。

神様！　いや、神様じゃなくてもいい！　誰でもいいから、社長と私の記憶を抹消《まっしょう》して……！

消してくれるなら全財産出します！

「それは……私、夢だと思って……現実だなんて思ってなくて……」

「キミは夢の中でなら、誰とでも寝て、あんなことを言うのか？」

訝《いぶか》しげな表情で尋ねられ、頭にカッと血がのぼる。

「な、なに言ってるんですか！　そんなわけないじゃないですかっ！　人を軽い女みたいに言わないで下さいっ！」

社長がニヤリと笑ったのと同時に、ハッと我に返った。

これじゃ社長に告白しているようなものじゃない！

「と、とにかく私、誰とも付き合う気がないんです！　だから……ごめんなさいっ！　社長とお付き合いはできませんっ！」

「そうか、付き合う気もないのに寝るなんて、キミは俺の身体だけが目的だったということだな」

社長は肩を落とし、俯《うつむ》きながらポツリと呟《つぶや》く。

「なっ……か、身体って……」

「どうやら弄《もてあそ》ばれたようだ」

「も、弄《もてあそ》っ⁉　ひ、人聞きの悪いことを言わないで下さいっ！　普通逆ですよね⁉　私が言うべき台詞《せりふ》ですよ⁉」

社長の肩が震えている。

ハッ！　ま、ま、まさか、泣いてる……っ⁉　嘘！

「あ、あの、社長……」

「くくっ……は、腹が痛い……」

「え……？」

恐る恐る社長の顔を覗《のぞ》き込むと、泣いているのではなく笑っていた。

「少しからかっただけだ。すまない」

「ちょっ……こ、こんな時になに考えてるんですかっ！　……もう、いい加減離して下さいっ！」

私の手首を掴《つか》んだままの社長の手を振り払おうとしたけれど、やっぱりだめだった。

「人をぬか喜びさせたんだ。これくらいの意地悪は許せ」

その言葉に、グッと喉《のど》が詰まる。

「ごめんなさい……」

私のしていることは、とんでもなく酷《ひど》いことだ。

酔った勢いで自分に好意を持っている相手と寝た挙句《あげく》、体裁《ていさい》が悪いから付き合わないと言っているのだ。最低にもほどがある。

ところで、社長は私のどこを好きになったんだろう。やっぱり他の人と同じく顔？

だとしたら私は、体裁《ていさい》を抜きにしても付き合いたくない。それに万が一、顔以外を気に入ってくれたとしても、それは本当の私じゃない。仮面を被《かぶ》った私の姿だ。

胸が苦しい。確かめるのが怖い……

ううん、いっそここで幻滅《げんめつ》するようなことを言ってもらえれば、悩まないで済むんじゃ……

「謝らなくていい。俺は諦《あきら》めるつもりなんてないからな」

「え……っ！」

社長はニヤリと笑って、席を立つ。私の手首を掴《つか》んだままだ。

「その調子じゃ、食事は付き合ってもらえないのだろう？」

今さら遅いと突っ込まれるかもしれないけれど、付き合う気がないのに期待を持たせるような行為はしたくない。

「はい……」

「そうか、じゃあ今日のところ引き下がってやろう。だが、キミを諦《あきら》めるつもりはない……ということで、今日は送るだけで勘弁《かんべん》しよう」

「えっ⁉　ちょっ……け、結構で……」

「断る前に、時計を見てみろ」

え、まさか……

時計を見ると、とっくに終電が出発した時間だった。やってしまった……

「大丈夫です。今日は自腹でタクシーに……」

ここから家までだと、一万円ぐらい？　うう、お財布《さいふ》に大打撃だけど仕方がない……ってあれ!?

私、今日財布の中に五千円しか入ってなかったような……

慌てて財布を確認すると、やっぱり五千円しか入ってなかった。ちなみに原因は金曜日の合コンで万札を出したからだ。

あの時、合コンに行っていなければ～……っ！

ここから家まで歩いていたら、朝までかかる。それまでに何人の不審者と出会えばいいのだろう。

真っ青になっていると、社長がまたニヤリと笑う。

「自腹は無理なようだな」

あああああっ！　私のバカ――……！

◆◇◆

結局社長にタクシーで送ってもらって帰宅した私は、自室でスマホに充電器を差し込みながらため息を吐いていた。

諦《あきら》めるつもりはないって、これからアプローチされるってこと……だよね？

「……っ」

それを嬉しいと感じる自分がいて、そんな思いを断ち切るように首を左右に振る。

なに考えてるの！　付き合う気がないなら、そういう期待を持たせるような態度は取らないようにしなくちゃ！

スマホの電源ボタンを押すと、起動モードに入った。しばらく待って画面を確認したら、たくさんの着信と五件のメールが入っていた。

なに、この着信の数⁉

確かめると、すべて社長からだった。

あ、そっか。私が声もかけずにいなくなったから、心配して連絡をくれたって言ってたもんね。

じゃあ、この五件のメールも全部社長から？

メールを開くと、社長一件、知らないアドレス三件、社長一件の順番で受信していた。

社長以外のは誰から？　迷惑メール？　それにしてはどう見ても個人アドレスだけど……あ、でも最近は個人アドレスを装った迷惑メールもあるのか。

社長のメールを後回しにして、知らないアドレス三件を順番に開いてみる。

ちなみに私は好物を後で食べる方なのだけど、社長のメールを後回しにしたのはそういうわけじゃない。絶対違う。……違うっ！

「あっ……」

一件目、二件目、三件目、すべて金曜日のことが書かれている。

この人たち、合コンの男性メンバーだ！　そういえば目黒さんが私のアドレスを教えたって言ってたんだった。

失礼のないように、連絡しておいてとは言われたけど——……

『今度遊びに行こうよ！　いつ暇？　俺、いつでも合わせるからさ！　てかメールじゃなくてSNSで連絡しない？　SNSやってる？』

以下、自分の趣味をアピールする長文。

『気持ち悪いの治った？　莉々花ちゃんは一人暮らし？　看病しにいってあげようか？　具合悪い顔見られたくないなら、元気になってからでも会いたいな。心配だし！　あ、そうだ俺のSNSのID教えておくね！』

以下、SNSのIDと、自分の優しさをアピールする長文。

『莉々花ちゃんって、ドライブ好き？　俺は大好き！　今度一緒にドライブ行かない？　詳しく打ち合わせしたいからSNSで繋がろうよ』

以下、自分の車をアピールする長文と車の画像。

みんな会う気満々だ。目黒さんのことだから、『寂しがってるし、飢《う》えてるから誘ってあげてね』ぐらいのことを言ったのだろう。

返信しないことが一番気がないことを伝えられるけど、目黒さんの立場もあるし……一応返信しておこう。

『お疲れ様です。返信が遅れてしまい、申し訳ございませんでした。多忙のため仕事以外に時間を割《さ》けないため、お誘いは辞退《じたい》させていただきます。SNSはやっていません。それではもう就寝しますので、失礼致します。おやすみなさい』

……なんて、ちゃんとスマホにSNSアプリは入ってるんだけどね。よしっ！

仕事関係の人じゃないのにあからさまに事務的、そして会話を続ける気がまったくない内容の完成だ。これで今後の関係をまったく発展させる気がないのは伝わるだろう。

良心がチクチク痛むけど変に気をもたせる方が残酷《ざんこく》だし、過去にはやんわり断ったせいでストーカーになられたこともあるし。

そう、これは自己防衛……！

自分にそう言い聞かせながら、三人にまったく同じ内容のメールを送信した。

三人が知り合いなら、このメールを回し読みする可能性がある。『失礼なヤツだ』と幻滅《げんめつ》してもらえたら幸いだ。

次は社長のメールを開こうと、画面をタップする。三人のメールと違って、心臓が早鐘を打ってしまう。

うう、ドキドキするなっ……！

まずは一通目。

『今、どこにいる？　ちゃんと自宅に帰れているのか？』

先に見た三人とは違って、とても簡潔なメールだ。いや、先の三人が長すぎるのかも？　私がいなくなって驚いたから簡潔なだけ？

二通目は、つい数分前に送られたものだ。

『今、自宅に着いた。次の休みは空《あ》いているか？　一緒に出かけたい』

やっぱり簡潔なメールだ。

他の男性からのメールは長いとうんざり感じたけれど、社長はもっと長かったらいいのにと思ってしまう。

というかそんなこと考えてる場合じゃなくて。お、お、お誘いされたーっ！

寒いところからいきなり温かい場所に来たみたいに、頬《ほお》がポポポッと熱くなる。

だ、だめ！　付き合う気はないんだから、毅然《きぜん》とした態度で断らないと、社長に失礼！

一度深呼吸して心を落ち着かせてから、返信メールを作っていく。

『お疲れ様です。送ってくださってありがとうございます。とても助かりました。土日は特に用事はないので……』

……って、だめだめ！　なに、行く気満々になってるの！

『空《あ》いていますが、出かけません。このアドレスや電話番号は、仕事用にお伝えしたものです。私用の連絡をしてもらっては困ります。もう連絡してこないで下さい』

完成したものの、送信ボタンをタップしようとすると胸が苦しくなる。

こんなメール送ったら、確実に『なんだ、こいつ！』って思うよね？　怒らせてもおかしくないよね？　嫌われるよね？　……傷、付けちゃうかな。

送信ボタンの真上にある人差し指がフルフル震えて、せっかく作ったメールを消そうとしてしまう。

いやいやいや、なに考えてるのっ！　嫌ってもらった方がいいでしょ！　うんっ！

まだ震える指先をなんとか動かして、送信ボタンをタップした。すると五分も経たないうちにスマホが震え、着信を知らせる。

『わかった』

終わった……

手から力が抜けて、持っていたスマホがカーペットの上にゴトンと音を立てて落ちる。

なにに対して『終わった』なんて思ってるの？　出かけられないってことに対して？　それとももう連絡してこないで欲しいってところに？　あ、もしかして全部？　全部に対してわかられてしまったから『終わった』なの？

胸がズキズキ痛い。痛くて涙が出そうだ。自分がしたことなのに、なんで自分でダメージを受けるかな。

「面倒くさい女……」

社長が好きなのは、容姿か仮面を被《かぶ》った私の性格のどちらかなのだから、傷付く必要ないはずなのに。

顔や体形は自然の摂理《せつり》に従って衰《おとろ》えていく。好みの顔や体形じゃなくなったら嫌われるかもしれない。それに会社で見せてる性格だって本当の私じゃない。個人的なお付き合いをしてしまったら、綻《ほころ》びが出ないとは限らない。現にこの前お酒で失敗したばかりだ。

本当の私は仮面を被《かぶ》った私とは違う。サバサバどころかこうしてウジウジ考え込むし、仮面を被《かぶ》った自分ほど明るくないし、人見知りだし。男の人に興味がないなんて大嘘。社長に惹《ひ》かれて胸が苦しい。本当は休みの日に出かけたくて堪《たま》らない。

本当の私を知ったら、きっと嫌いになる。だったら傷の浅いうちに手を引いた方がダメージが少ないだろう。面倒な上に意気地がなくて、自分のことばかり考えている嫌な女だ。

落としたスマホをそのままにして、私は床に寝転がった。

着替えて、化粧を落として、お風呂に入って、明日の準備をして……たくさんすることがあるのになにもする気が起きない。

その後も三度着信があったけれど、全部合コンの男性メンバーからのお誘いメールだった。

◆◇◆

社長と二人きりにならないようにとの目標を掲《かか》げて二日目――

「ひぃ！」

「え、どうしたの？」

私が突如《とつじょ》上げた悲鳴に驚いて、隣の席の同僚がビクッと肩を震わせる。

「す、すみません。なんでもないです……はは……」

データを保存しようと思っていた矢先にシステムエラーで強制終了をくらって、苦労して作ったものがパァに……

保存は小まめに！　というのを心がけているけれど、容量が大きくて保存に時間を食ってしまうので、一区切りつくまで作業を続行していた。今回の場合、その一区切りがちょうど手の込んだデザインを作り終えたところだったわけで……

急いで作り直したものの、定時に上がるどころか終電ギリギリまでかかってしまった。現在社内に残っているのは、私と社長の二人だ。

気まずい……

いや、もう昨日のメールで嫌われて、今後アプローチはないだろうけど……気まずい！

しっかりとデータを保存し、パソコンをシャットダウンさせていると、社長から声がかかる。

「杉村、終わったのか？」

「……っ！　は、はい、終わりました」

昨日と同じように話しかけられ、心臓が大きく跳ね上がった。

違う違う、今日は仕事のことで話しかけられたに決まってる！　社員が遅くまで残ってたら、雇い主として気にするのは当たり前だもんね！　うんっ！

「そうか、ではプライベートな話をして構わないな？」

「へ!?」

社長は昨日のように私の隣に腰を下ろすと、私のデスクに真新しいスマホと充電器を置いた。

「これをやる。使ってくれ」

「え、業務用に支給されることになったんですか？」

手に取ってみるものの、疑問が浮かぶ。

でも、みんなは持ってないよね？

「違う。プライベートな話をすると言ったばかりだろう」

「じゃあ、どうして……」

「昨日メールしたら、このメールアドレスに私用の連絡をするなと言っていただろう」

「言いました……けども、だからってなんで私にスマホを？」

「私用の連絡が取りたい。だがキミの機嫌を損《そこ》ねては元も子もないからな。これから私用の連絡はこれにする。だから受け取ってくれ」

ええええええええええ――……!?

斜め上の行動に、私は大きく目を見開いたまま元に戻せない。

てっきり嫌われたと思ったのに、まさかスマホをプレゼントされるなんて……！

真面目な社長らしい……ってそんなこと思ってる場合じゃなかった。

「俺の番号とアドレスは登録してある。他にも連絡を取りたい人間がいれば、活用してくれて構わない。ただし男は勘弁《かんべん》してくれ。さすがに嫉妬《しっと》する」

〝嫉妬《しっと》〟という言葉にときめきそうになる。だから私はスマホを持っていない方の手の平に爪を立てて自らを痛めつけることで、なんとか自分の気持ちにセーブをかけた。

「私、受け取れないですっ！」

「料金は当然俺が持つ。問題ないだろう」

「や、問題大ありですよっ！　お返ししますっ！」

終わらせるどころか、繋がりができてしまう。

「返却は受け付けない」

「そ、そんな……っ！」

社長は両手を組んで、頑《かたく》なにスマホを受け取ろうとしない。

「土日はなにも予定がないんだったな？　それなら今週の土曜は一日、俺に付き合え」

「で、ですから、出かけないってメールでも……」

社長は腕を組んだまま、ニヤリと笑う。

「ああ、そうか。じゃあ、キミがホテルに忘れていったものはいつ返せばいい？」

「へ？　私、なにか忘れました？」

財布《さいふ》もあるし、スマホもあるし、自宅の鍵もある。今日まで『あ！　これがない！』と思ったものはないけれど……

「ああ、忘れていったな」

なにを忘れたのか尋ねても、社長は意地悪な笑みを浮かべるばかりで教えてくれない。

「仕事中に返してもいいというのなら、土曜日に出かけるのは諦《あきら》めてもいい」

「なっ……」

仕事中に返されたりしたら、周りになんて思われるか……！

「俺はどちらでもいい。どうする？」

そんなの、狡《ずる》い……っ！　人質《ひとじち》……じゃなかった、物質《ものじち》!?

「……わ、わかりました。土曜日、ご一緒します」

社長は「そうか」と言って、満足そうに笑う。

そんなに私と出かけたいの？　新しいスマホを買ってまで連絡を取りたいって思ってくれるの？

頬《ほお》がポポポッと熱くなって、顔がにやけそうになってしまうのを必死で堪《こら》えた。

「じゃあ、帰るぞ」

「はい……」

お酒に酔って初体験を済ませて、おまけに忘れ物までするなんて。どこまでダメダメであれば気が済むんだろう。

カバンに社長からもらったスマホと充電器を入れて席を立ち、タイムカードを押してしっかりと施錠《せじょう》し、社長と一緒にオフィスを出た。

「今日は車で来ている」

「そうですか」

「……家まで送らせろということだ」

「えっ！　いいです。まだ、終電もありますし……」

「終電がなくなるまで足止めするという方法もあるが、どちらがいい？」

社長は私を壁際《かべぎわ》まで追い詰めると、意味深に微笑《ほほえ》む。

え!?　そ、それってまさか～……こ、こんな所でっ!?　無理無理無理無理っ！

「お、おくっ……送っていただく方向で……っ！」

「ああ、わかった」

な、なんだか私、社長の手の平の上で上手く転がされているような……

仮面三　公私混同厳禁！

土曜日の朝――人質《ひとじち》ならぬ物質《ものじち》を奪還《だっかん》するため、私は自室で出かける用意していた。

デートにふさわしい服なんて持っていないし、持っていたとしても着るわけにいかない。できるだけ気がなさそうに見える服装を心がけなければ……！

かといって会社に行くような格好ではカッチリしすぎているような気がするし、近所を歩くような服装じゃ、周りの目が気になる……

ということで、結果友人と遊ぶ時と同じような格好となった。

アイボリーのカジュアルなジャケットに、ネイビーのシンプルなカットソーと長めのアクセサリーを合わせて、デニムのショートパンツでまとめた。

誰かに見られても私だとわからないように、いつもは下ろしている髪をお団子ヘアにして、伊達《だて》眼鏡も装着する。

よし、これでパッと見は、私だってわかんないでしょう！　気がない服装になってるかはよくわからないけど……

「うーん……」

まあ、よしとする。

用意が整ったところで、社長からもらったスマホがブルブル震えた。

『今着いた。用意が整ったら出てきてくれ』

社長からのメールだ。今日は車で迎えにきてくれることになっていた。

今行きますと返信するよりも、家を出た方が待たせないで済むだろうと、カバンを持って部屋を後にする。

「……っと、忘れ物は……ないよね？」
ド、ドキドキしてきた……
階段を下りるたびに、ドキドキが加速していく。

玄関ドアを開けると、社長の車が見えた。

心臓が一際大きく高鳴って、思わず左胸をギュッと押さえた。

社長は私の姿に気付くと、わざわざ外に出てきて助手席側のドアを開けてくれる。休日なんだから当たり前かもしれないけれど、スーツじゃなくて私服だった。

「あっ……私、自分で……」

「いい。今にも逃げ出したそうな顔をしているから、すぐに捕まえられるように立ってる」

クスッと笑われ、顔が熱くなる。

「に、逃げません。忘れ物、返してもらわないとですし……」

「そうだな」

社長のファッションはシンプルなグレーのVネックカットソーの上に、黒いテーラードジャケットを羽織り、カジュアルなデニム……デニムが被《かぶ》った！　ペアルックだと思われる⁉　ペアルックって死語だっけ⁉　いや、そんなことはどうでもよくて、お、思われないよね。デニム穿《は》いてる人なんて、その辺を見渡したらたくさんいるわけだし！　うんっ！

たくさんいるわけだけど……社長の場合、足が長いし、スタイルが半端じゃないから激しく目立つ。

車に乗り込もうとすると、社長が私をジッと見ていた。

「どうしました？　あ、土足禁止ですか⁉　す、すみません！　ちょっと踏んじゃいましたっ」

「いや、土足で構わない。ただいつもと服の感じが違って、それもまた可愛いと思っていただけだ」

「……っ」

あまりに心臓が大きく跳ねたものだから、ブラの形が崩れる！　ってほど、左胸を握りしめてしまった。

『可愛い』なんて、今までの人生の中で数えきれないほど聞いてきた言葉のはずなのに、彼の言葉はどうしてこうも胸に響いて、苦しくなってしまうんだろう。

「目が悪いのか？」

「いえ、度は入ってないです」

ううう、今日だけ目が悪くなって欲しい。気がないことをアピールしなくちゃいけないのに、社長の綺麗な顔が間近にあるとドキドキしてそんな余裕がなくなってしまう。

視力さえ悪ければ……！　いや、でも社長の言葉も破壊力があるから、今日だけは聴力も悪くなる方向でー……ってだめだ。近くにいるだけでドキドキする……っ！

そんなことを考えながら助手席に乗り込もうとすると、危うくお団子にした髪が引っかかるところだった。

ああ、もう注意力散漫だ……

「閉めるぞ」

「あ、はい、すみません」

社長は助手席のドアを閉めると、自らも運転席に乗り込んだ。

車内は爽《さわ》やかな車の香水の香りと、ほんの少しだけ煙草《たばこ》の匂いがする。社長の車に乗るのは三回目だけど、ソワソワして……というよりドキドキして落ち着かない。

視線はどこに向けたらいいだろう。真正面？　横の窓？　それとも社長の顔……は、ないない！

それはない！　明らかに不自然だ。

普段車に乗る時は、どうしてるんだっけ……

「莉々花」

「ひゃいっ!?」

莉々花！　名前呼び!?　プ、プライベートだからっ!?　って、返事してる場合じゃなかった。名前で呼ばれるのは迷惑ですって言わなきゃ！

「発進するから、シートベルトを締めてくれるか？」

「あっ！　は、はい、そうでした！　すみませんっ」

動揺しながら装着すると、慌てなくていいと笑われた。

うう、名前で呼ぶなって、言い損《そこ》ねちゃった……

「そういえば今日、ご両親は？」

「あ、父は朝から釣りに行ってて、母は仕事です」

両親が留守で、よかった……

男性が車で迎えにきて出かけるというこのシチュエーション……見かけた誰もが、彼氏とのデートか、いい感じの男女が仲を深めるために出かけるのだと想像するだろう。

うちの両親は、浮いた話の一つも持ってこない私を心配している。直接なにか言われたことはないけれど、こっそり陰で話しているのを何度か聞いたことがある。こんなところを目撃されたら、浮かれて『紹介しなさい！』と言ってくるに違いない。

付き合う気がないのに紹介なんてことになったら、色々と居《い》た堪《たま》れない。両親が留守で本当によかった……

「在宅ならご挨拶《あいさつ》をしていこうと思ったが、不在なら仕方がないな」

社長は少々残念そうにしながらも、車を発進させた。

「え、ご挨拶《あいさつ》ってなんのですか？」

「大事な娘さんと出かけさせてもらうんだ。今日車で一緒に出かける許可をもらって……」

律儀《りちぎ》っ！　さすが社長！

「それからキミに好意を持っていてアプローチしているので協力して欲しいと言って、ご両親を味方に付けて外堀を埋《う》めようかとも考えていたが、それはまた今度にしよう」

策士っ！　さすが社長！　……って、えええええっ!?

「だ、だめに決まってるじゃないですかっ！　……というか、忘れ物ってなんだったんですか？　早く返して下さい」

「渡したらすぐに帰るつもりだろう」

「そのつもりでしたけど、車に乗せられたら帰りようがないじゃないですか」

「それを見越しての車での外出だ」

やっぱり策士……！

「忘れ物は今日の帰りに渡すから心配しなくていい」

「……狡《ずる》いんですけど」

「なんとでも言え」

社長は運転席と助手席の間にあるコンソールトレイに置いてあった煙草《たばこ》を手に取った。片手で煙草《たばこ》を取り出して一度は口に咥《くわ》えたけれど、ハッとした様子で口から離す。

「あれ、吸わないんですか？」

「ああ、禁煙を始めたんだが、つい癖で……」

社長は煙草《たばこ》の箱をクシャッと潰《つぶ》して、元あった場所に戻す。

「禁煙？　身体にはその方がいいと思いますけど、どうして急に？」

「覚えていないか？」

……この流れはまさか、また酔っぱらった時の話!?

「わ、私、なにか言いましたか？」

「先週の金曜日、空《あ》いていたのが喫煙者用の部屋だけだったから仕方なくそこにいたんだが、壁に匂いが染みこんでいたらしい。俺は喫煙者だからあまり気にならなかったが、吸わない人間にとってはわかるものだろう？」

「そうですね。少しの匂いでも結構わかるかもです」

「その部屋の匂いも、キミにはすごく強く感じたらしくてな」

「……な、なに言ったんですか？」

「枕に鼻を押し付けながら、『この部屋やだっ！　煙草《たばこ》嫌いっ！　臭い！　煙いっ！』と悶絶《もんぜつ》していた」

ぎゃあああああああっ……！

子供っ!?　酔っぱらって迷惑をかけた相手にそれ言っちゃったの!?　しかも喫煙者の前で!?

「すみませんっ！　すみませんっ！　大丈夫なので、吸って下さいっ！」

「いや、禁煙する」

私が煙草《たばこ》を嫌いだから禁煙するってことだよね？　そんなに私に好《す》かれたいの？

胸の奥がキュンと切なくなって、今すぐ社長に抱きつきたい衝動に駆られる。

だめ……！

「わ、私、禁煙して下さっても付き合いませんよ？」

わ、バカ！　なんで語尾が疑問形になるのっ⁉　『付き合えません』って言いきりなさいよっ！

「先のことなんて、どうなるかわからないだろう？」

信号待ちで車が止まると、社長は自信に満ちた視線を向けてくる。

絶対付き合うことになるって確信してるみたいな目……

目を逸《そ》らしたら動揺してるってバレてしまうと思いながらも、目を逸《そ》らさずにはいられなかった。

あまりにもあからさまに視線を外した私を見て、社長は口角をあげた。

自信に満ちた切れ長の目――目が合うと、なにもかも見透《みす》かされてしまいそう。

「……っ……禁煙って辛いって聞きますよ？」

「まあな。すでに辛い」

「だ、だったら、もうやめたらどうですか？」

他人の煙草《たばこ》が嫌なだけであって、社長の煙草《たばこ》なら嫌だと思わない……とは言えない。言ったらこの攻防は私の負けだ。

「いや、禁煙する」

コンソールトレイから潰《つぶ》された煙草《たばこ》の箱を取り出し、無事だった一本を引き抜いて手で煽《あお》いでみる。

「美味《おい》しいですよ～……吸うとリラックスできますよ～」

これ以上私がときめかないように、禁煙なんてやめて下さいっ！　健康を害さない程度に吸って下さいっ！

そんな祈りを込めながら匂いがいくようにパタパタしてみるけれど、火が付いていないんだから当然そこまで匂わない。

「こら、攻撃してくるな。もう吸わない。禁煙は確かに辛いが、キミに嫌われることの方が遥《はる》かに辛いんだ」

「……っ」

どっちが攻撃してるの――……!?

またときめいてしまって、持っていた煙草《たばこ》を落としそうになった。

◆◇◆

社長が連れてきてくれたのは、美術館だった。

今日行われていた展覧会では、大手広告代理店が行《おこな》ったデザインコンテストの受賞作品が見られるらしい。

「ここでいいか？」

「あ、はいっ！」

デート……というより、仕事の延長のような感じ？　出かけるって言ったからてっきりデートっ

て思いこんでたけど、実は違った⁉　私が自意識過剰だっただけ⁉

入館料を払うためにカバンから財布《さいふ》を取り出すと、出さなくていいと制された。

「あ、経費扱いですか？」

「デートで使った金を経費扱いにするわけがないだろう」

……やっぱりデート⁉

そう考えて怯《ひる》んでいるうちに、社長が支払いを済ませてしまう。

「すみません。後でお返ししますね」

「これくらい、いい。……キミは律儀《りちぎ》だな」

社長に言われたくないんですけどっ！

「やはりデザインが絡むと、仕事の延長のように感じて、そんな他人行儀な態度なのか？」

「違うんですか？」

「違う。ここを選んだのはキミが好きそうだからなのと、直前でやっぱり嫌だと断られそうになったら『今後のデザイン制作の参考になるぞ』と言って、仕事を口実に連れ出そうという邪《よこしま》な気持ちからだ」

邪《よこしま》な気持ちって、自分でそれ言っちゃうの？

笑いが込み上げてくる。美術館だし、本人が目の前にいるし――……と色々考えて堪《こら》えようとしたけどダメだった。

声を小さくしなければいけないと思えば思うほど笑いが止まらなくて、買ったばかりの入館チケットを握りしめていったん外へ出させてもらった。

「笑いは止まったか？」

「な、なんとか……」

ようやく笑いは止まったものの、笑いすぎてお腹が引きつってる。

こんな風に人前で自分の感情を爆発させたのは初めてだ。

いつも人と一緒に行動している時は、空気を壊さないように、流れを壊さないようにと緊張していたから……

「そこまで笑うことはないだろう」

不本意そうに眉をひそめた社長の頬《ほお》は、恥ずかしいのかほんの少し赤い。

「だって自分で邪《よこしま》な気持ちって……あっ……や、やめて下さい。また笑いが……」

ああ、素《す》が出て抑えられない。

あのホテルに行った日、酔っ払って一度素《す》を見せちゃったから、仮面をなかなか被《かぶ》り直せないのかな？

「キミは随分《ずいぶん》と笑いの沸点が低いな。……まあ、俺としては笑ったキミの顔が見られるのは嬉しいが」

「……っ」

胸がキュンと切なく鳴って、不自然なところで笑いが収まってしまう。これじゃ、あからさますぎて動揺していることがバレそう。でも、今また笑い直したらもっと不自然だ。

早く……早く仮面、被《かぶ》り直さなきゃ……！

「どうした？」

「な……なんでもありません。あの、もう大丈夫なので入りましょう……っ！」

社長と一緒にいると、自分の中の気持ちが育っていくのを感じる。

やっぱり今日、来なければよかったな……

展示会に飾られていた受賞作品はどれもレベルが高くて、デザイナーとして刺激を受けるものばかりだった。

「どんな人生を送れば、こんなすごいデザインを考えられるんでしょう……」

尊敬すると同時に、嫉妬《しっと》もしてしまう。

私も、もっともっとすごいデザインが作りたい……っ！

「ああ、本当だな。だが、お前のデザインもすごいぞ」

「え……」

「繊細《せんさい》で女性らしくて、かと思えば大胆《だいたん》で豪快《ごうかい》なものも作れるだろう。引き出しの数が多いと、いつも感心している。その引き出しを増やすために努力していることも含めてだ」

デザインは仮面を被《かぶ》っていない私の心そのものだ。

どこを褒《ほ》められるのよりも嬉しくて、照れてしまう。

「あ、ありがとうございます……」

頬《ほお》が熱い。いや、頬《ほお》どころか顔全体が熱い。鏡を覗《のぞ》いたら、きっと顔が赤くなっているに違いない。

「ちなみにこれは好きな女性だからポイントを稼《かせ》ぎたい、という気持ちで言ってるんじゃない。純粋にそう思っているから間違えないように」

あ、そっか、私のことを知ってる人は、私に気に入られたいという理由で私が作り出したデザインを褒《ほ》めてくれる人もいるよね。

変な意味に捉《とら》えないように、先に言ってくれたんだ。

「はい、間違えないです。ありがとうございます」

やっぱり私、社長のことがとても好きだ。

もし私がこんな顔じゃなかったら、今頃社長と普通に付き合えてたのかな……

◆◇◆

美術館を出た私たちは、社長が予約してくれていた近くのレストランで夕食をとることにした。

「俺は運転するから呑まないが、キミは好きに呑んでくれていい」

「い、いいえ、お酒はしばらくいいです……」

もうあんな失態は見せられない……！

お酒も呑んでいないのに顔が真っ赤になっているらしくて、社長はそれを指摘しながらククッと笑う。

「コース料理と単品メニューとどちらがいい？」

「あ、単品がいいです。コース料理だとお腹いっぱいになりすぎるので」

私はあさりと魚介のスープパスタ、社長は生ハムとアボカドのパスタを選んだ。飲み物は、私はアイスティー、社長はノンアルコールのサングリアを頼む。

『絶対ノンアルコールでお願いします！』と念押しする私が面白かったらしくて、社長は俯《うつむ》いて肩を震わせる。どうやら笑いを堪《こら》えているようだ。

「笑いすぎですよっ」

「笑わせるキミが悪い。さすがにアイスティーにアルコールを入れようとする者はいないだろう」

「わ、わからないですよっ！　うっかりってこともありますから！」

「どんなうっかりだ。ああ、腹が痛い」

「だから笑いすぎですってばっ！」

私もさっき大笑いしたから、人のこと言えないけどね。

「デザイン展は、いい刺激になったか？」

「はい、とても。すごいなぁって尊敬もしましたけど、私も負けてられないなぁって競争心に火がつきましたし、どうしてこんなすごいの思い付くの!?　って嫉妬《しっと》もしましたね」

あ、嫉妬《しっと》……なんて言ったら、こいつどんだけ心に余裕がないんだ？　って思われて引かれちゃうかな……って、なに考えてるのっ！　関係を発展させるつもりなんてないんだから、引かれていいんじゃないいっ！

「ああ、俺も嫉妬《しっと》した」

「……社長が？　あ、こういうデザインを作れるデザイナーがうちの社にはいないって意味ですか？」

ますます嫉妬《しっと》心に火が付く。

目の前にパソコンがあったら今すぐ立ち上げて、今日見たどのデザインにも負けないものを作り始めたい。

「いや、俺もこんなデザインが作れたら……と思った。俺は元々デザイナー志望だからな」

「社長がデザイナー志望⁉」

は、初耳！　あ、冗談……とか？

「ああ……というか、驚きすぎだろう。おかしいか？」

冗談じゃない！　この声のトーンは冗談じゃないっ！

「おかしくないですけど、意外です。じゃあ、どうしてデザイナーじゃなくて、社長になったんですか？　社長の作品、見てみたいです！」

いつも完璧だし、涼しい表情でものすごい芸術作品を作り出しそう！

「なろうと思ってなれるものじゃないだろう。俺も色々努力したが……作り出すものがどれも壊滅的でな……ある程度のところで見切りを付けた」

「壊滅的って……別の意味でどんな作品を作り出すか、すごく気になるんですが」

「美術の成績はいつも十段階評価で一だったな。あと小学校の時に二人一組でお互いの似顔絵を描こういう課題があって、大真面目に描いたんだが、その時ペアになった女子は『こんな嫌がらせするなんて酷《ひど》い！』と大泣きしていた」

い、一体どんな絵を描いたの……っ⁉

「どんな形でもデザインには携《たずさ》わっていたかったから広告代理店に入社したんだが、もっと深く関わりたいと思って独立を決意した。両親からは無謀《むぼう》なことをするなと反対されたが、押し切ってよかった」

社長がデザイン事務所を立ち上げたのは、そういう理由からだったんだ。

「そうだったんですね。全然知りませんでした」

色々と驚いた。社長の絵、いつか見てみたいかも……

「ああ、うちの事務所では誰も知らないはずだ。あまり自分のことを話すのは好きじゃないからな」

「え？　じゃあ、どうして教えてくれたんですか？」

「好きな人には自分のことを知って欲しいものだろう」

そっと微笑《ほほえ》まれ、心臓が大きく跳ね上がる。

この不意打ちの攻撃は、反則でしょう……っ！

どう反応したらいいか狼狽《うろた》えていると、ちょうどよく飲み物がきた。

た、助かった……っ！

ガムシロップをかき混ぜるのもそこそこにして、乾いた喉《のど》にアイスティーを流し込む。少し落ち着いたところで顔を上げると、社長の飲み物に目がいった。社長のサングリア、すごく美味《おい》しそう。

サイダーで割ったブドウジュースの中に、パイナップル、リンゴ、メロン、イチゴ、キウイとたくさんのフルーツが入っていて、宝箱みたいで見ているだけでワクワクする。

サングリアって、こういう感じの飲み物なんだ。メニューには写真がなかったから、こんな可愛いなんて思わなかった。

はーん……美味《おい》しそう～！　私もそれにすればよかったー……って、ダメダメ！　理由もなしにこんな可愛い飲み物を頼むなんて、私の設定が崩れちゃうっ！

私が見ていたことに気付いたらしい社長が、グラスから私に視線を移す。

「これが飲みたいのか？」

「へ⁉」

き、気付かれたっ！

飲みたい……飲みたいけど、正直なことを言ったら私の仮面が壊れちゃう。

「い、いえ、そんなことないです。ただサングリアってよく聞きますけど、どういうのか知らなかったので興味を持ってただけで、甘いものってあんまり好きじゃないですしっ！」

飲めないと思えば思うほど飲みたくなる。

社長の前では一度飲んでるし、今回も飲んでもー……ってダメだ。あれはビールサーバーが壊れたからって理由があったけど、今日はなにもない。

グラスの底にたまったガムシロップをストローでくるくるとかき混ぜ、また口を付けようとする。

そしたら社長の手が伸びてきて、サングリアとアイスティーを入れ替えた。

「社長？」

「急にアイスティーが飲みたくなった。交換してくれ」

「えっ！　あ、あの？」

「俺には甘すぎたんだ。アイスティーの方がちょうどいい」

社長はなんの躊躇《ためら》いもなく私の使っていたストローに口を付け、チュッと吸う。

「あっ！　ストロー……」

「ん？」

「……っ……い、いえ、なんでもないです」

一線飛び越えておいて、今さら間接キスもなにもない……か。

社長に至っては、当然あの日が初めてだったんじゃないし、慣れているわけで……現に今も平然とした顔で私のストローを使って喉《のど》を潤《うるお》している。

私ばっかり意識しちゃって恥ずかしい。

そういえば、昔の彼女ってどんな人だろう。それに未来の社長が好きになるのはどんな人だろう。年齢的にも次に付き合う人は、結婚にまで発展するかもしれない。胸を鷲掴《わしづか》みにされてギュウッて握りつぶされたみたいに痛い。心臓じゃないどこか……これは心？

そっか、私……嫉妬《しっと》してるんだ。

付き合えないって自分で言ってるくせに、嫉妬《しっと》するなんて身勝手にもほどがある。

嫉妬《しっと》はやめやめっ！　サングリアを堪能《たんのう》しよう。

私も社長が使っていたストローに口を付け、チュッと吸う。

ブドウジュースにフルーツの甘味と酸味が絶妙なバランスで混じっていて、優しい炭酸でとても爽《さわ》やかだ。

「美味《おい》しいっ！」

初めての味に感動して、夢中で飲んでいると社長が口元を綻《ほころ》ばせながらこちらを見つめてくる。

え、なに？　私、声大きかったかな。

「間接キスだな」

「……っ!?」

飲み物が危うく気管に入りそうになって、むせてしまう。

社長も意識してた……っ!?

「大丈夫か？」

「しゃ、社長が変なこと言う……からっ……ケホッ」

「変なことじゃない。事実を言ったまでだ」

「事実って……」

そういえばこのサングリア、全然甘すぎない。むしろこの前社長が飲んでいたカクテルの方が格段に甘かった。

……私が飲みたいのに気付いて、嘘ついて取り替えてくれたんだ。

アルコールなんて入ってないのに、酔っぱらった時以上に頬《ほお》が熱くなる。

「俺と一緒の時は、好きなものを頼んでくれて構わないぞ」

「へっ⁉　い、いえ、私、別に我慢なんて……」

「いや、この前言っていたが」

ま、まさか、私、あれだけやらかしておいて、まだ余罪が⁉

「……い、言っていた……って？」

「可愛らしいメニューのものを頼むと女性から反感を買うかもしれないから、絶対に頼まないと言っていた。目立つ容姿をしていると、色々と大変なんだな」

ひぃいいいいいいいいいいいっ！

よりによって、トップシークレットに繋がることを口走っちゃってるなんて！　アルコール怖すぎっ！

「あ、あの、このことは誰にも……」

「ああ、口外するつもりはない」

よ、よかった……

ホッとしていると、食事が運ばれてきた。

あまりの衝撃に直前まで空腹も吹き飛んでしまいそうな勢いだったけれど、こうして美味しそうな料理を目の前にするとまたお腹が減ってくる。

「いただきまーす」

火傷《やけど》しないように気を付けながら、熱々のスープパスタを口に運ぶ。

アルデンテにあさりと魚介の出汁《だし》のきいたトマトスープがしっかり絡んでいてすごく美味《おい》しい！　……それにしても眼鏡が曇《くも》って、器の中がよく見えない。

「口に合うか？」

「はい、すごく美味しいです」

美味しいけど、眼鏡が……っ！

知ってる人、このお店の中にはいない……よね？

辺りを見回して知り合いがいないことを確認した私は、眼鏡を外すことにした。

「どうした？」

「あ、眼鏡が曇《くも》って食べにくいなぁって思って」

「ああ、熱いものを食べるとどうしてもな」

「眼鏡って大変ですね。熱いものを食べると曇《くも》るし、支えてる鼻の付け根が痛くなるし……社長は平気ですか？」

「昔から眼鏡だからな。慣れたものだ」

社長は私が持っていた眼鏡を手に取ると、重さを確認するように手を上下させる。

「ああ、重いし、これは疲れるだろうな」

「そうなんですか？」

「今はかけていても負担がかからないように軽量モデルも出ているし、レンズも薄いものがあるんだ。俺もそうしている」

社長は自分の眼鏡を外し、私に差し出した。持ってみると、本当に軽い。

「わ、すごい。こんな軽くできるんですか？」

「ああ、だからずっとかけてても、そこまで疲れない」

「私、視力はいい方なので、眼鏡事情は全然知りませんでした。これは眼鏡をかける人にとってはすごくありがたい技術ですね」

「確かにな」

顔を上げると、眼鏡をかけていない社長の顔――

眼鏡ナシの社長を見るのは、二度目……一度目はそう、ホテルでの朝だ。あの時はこうして観察する余裕なんてなかったけど、眼鏡を外すとほんの少しだけ幼く見えることに気付く。

あの時はパニックだったし、ブランケットから社長の肌が見えて……って、なに思い出してるの！　私っ！

「め、眼鏡、ありがとうございましたっ！」

急に意識してしまって、なんだか恥ずかしくて直視できない。眼鏡を返した私は、ひたすらパスタを口に運ぶことに徹した。

◆◇◆

夕食を済ませた私たちは、帰るにはまだ早い時間だということで映画館に来ていた。

「もう、自分で出すって言ってるじゃないですかっ！」

「あー……経費だ。気にするな」

「さっき経費じゃないって言ってたじゃないですかっ！」

「そうだったか？　年を取ると物覚えが悪くなるものだな」

「まだ三十代なのになに言ってるんですかっ！」

この前呑みに行った会計やホテル代、そして今日の美術館の入館料も出してもらった。レストランは払おうと思っていたのに、私がトイレに立ったタイミングで会計を済ませていたらしくて、私はいくらかかったのかすら知らないし、とうとう教えてもらえなかった。

映画のチケット代こそは……！　と思っていたのに、社長はお金を受け取ろうとしない。

「社長が受け取ってくれないなら、チケット代金分ドリンク買って押し付けますよ」

「腹がチャプンチャプンチャプンになるだろうが」

「チャプンチャプンになっても全部飲んで下さい。あ、途中トイレに立つのは禁止ですよ？　他の人の迷惑になるので」

もう一度お金を差し出すと、今度は素直に受け取ってくれた。

「キミにSっ気があるとは知らなかった」

「え、Sっ!?　……っ……変なこと言わないで下さいよ」

土曜日ということもあって随分《ずいぶん》混んでいたけれど、座席は真ん中をゲットすることができた。

今日の映画は、毎週チェックしていた月九の劇場版！　社長もチェックしていて気になっていたらしくて、すぐにこれを見ようということに決まった。

「社長はあんまり映画館には来ない人ですか？」

「いや、時間がある時は一人でぶらっとレイトショーを見にきている。ただ最近は残業が多かったから久しぶりだけどな」

「あ、そうだったんですか。公開されてから大分経つので、見てないってことはあんまり映画に来ない人なのかと思って」

「ああ、なるほどな。キミこそ映画にはあんまり来ないのか？」

「そうですね。友達とはたまに来ますけど、一人では……」

というのも、前に一人で来た時に痴漢《ちかん》にあったからだ。すごく楽しみにしていた映画だったのに、隣に座ったおっさんに太腿《ふともも》を撫《な》で回されて、泣きながら退席した苦い思い出がある。

それ以来私は友達と一緒の時でも痴漢《ちかん》にあわないかどうかヒヤヒヤしてしまい、なかなか映画の内容に集中できないでいた。

今日は社長が私の右隣に、左は同じくらいの年頃の男性がたった今腰を下ろしたところだ。

うう、隣の席、男の人かぁ……

なにもする気のない男性からしたら失礼極まりない話だとは思うけれど、男性が近くに座っているだけで警戒してしまう。

しかも細かいことを言うけれど、座席の肘《ひじ》置きにのせた腕が……地味に私の方へはみ出してるんだよね……

前に痴漢《ちかん》してきたおっさんも最初はこうして私の肘《ひじ》置きの方へ進出してきた。それから手を触ってきて、驚いて反射的に離したら、数分置いて太腿《ふともも》を撫《な》で回してきたのだ。

「莉々花、暑くないか？」

「へ⁉　あ、いえ、大丈夫です。むしろちょっと涼しいなぁって思うぐらいで……」

「そうか、じゃあ席を替えてもらっていいか？　こちらの席は空調の効きが悪くてな」

「あ、はい、どうぞ」

社長と席を替えたことで、左が社長、右が女性になった。

た、助かった……

ホッとしながら席に着いたけれど、特に空調の効きの悪さは感じない。

あれ、もしかして私が嫌がってるのに気付いて……？

どうして気付かれちゃったんだろう。私、そんなあからさまな態度取っちゃってた⁉

だとしたらとんでもなく失礼だ。隣に座っていた男性は、善良な市民である可能性の方が高いのに……！

映画が始まってもそのことばかりが気になって、なかなか内容に集中することができなかった。

◆◇◆

「そろそろいい時間だな。送っていく」

正直、この後ホテルに誘われるんじゃ……なんて密《ひそ》かに警戒していた私は、内心社長の言葉に驚いていた。

それにしても今日は、楽しかったなぁ――……

出発前は付き合う気がない相手とデートなんて……！　と複雑な気持ちでいっぱいだったけれど、帰り道では今日が終わってしまうことが寂しくて堪《たま》らない。

帰りに忘れ物を返してもらったら、もう社長と仕事以外で会う理由もなくなる。

今日で最後――……

「ＣＭでは死んでしまうんじゃないかと思わせるような作りだったが、やはり死ななかったな」

「へ？」

「主人公の妹だ」

「あ、は、はい、そうですね。普通に生きてましたよね。ＣＭで大げさに死んじゃう⁉　って予告してる作品ほど、助かる率が高いですよねー」

やだ、私……なにしんみりしてんのっ！　切り替えなくちゃっ！

「ああ、言えてるな。完結編とは言っていたが、続編がありそうな匂いがしたな」

「え、本当ですか？」

「ラストで刑務所に入る犯人が、意味深な笑い方をしていただろう。本当にあれで終わりなら、そこは悔《くや》しそうな表情をするのが妥当《だとう》じゃないか？」

そんなシーン、あったっけ……？

「あ、ああー……そうですねっ！」

結局全然集中できなかったから、見逃しちゃったのかも。せっかく映画館で見られたのに……BD《ブルーレイディスク》になったら、絶対見直さなきゃ！

その後も社長が振ってくれる話が全然理解できず、内容をまったく覚えていないことがバレてしまった。

「つまらなかったか？」

「い、いえ、そうじゃないです。そうじゃなくて……つまらなかったか、つまらなくなかったかもわからないぐらい集中できてなかった……というか、その……」

「ん？」

えーい、聞いちゃえ……っ！

「社長、私と席を替えて欲しいって言ったじゃないですか？　でも、空調の調子、私の席とそんなに変わらなかったですよね？　私、そんなに隣の男の人が嫌だ……なんて失礼な態度、取っちゃってましたか？」

「まあ、あれは正直口実だったが、嫌だったのか？」

あれ、気付かれてなかった？

「へ？」

「じゃあ、どうして……」

「単にキミの隣に男が座っているのが嫌だっただけだ」

え……っ!?

不意打ちで嫉妬心《しっと》を打ち明けられ、顔がカァッと熱くなる。

「まさかキミも嫌だったとはな。俺には普通に見えたが、隣に座っていたくないと思うほど不快な男だったか？」

「いえ、不快とかそういうのじゃなくて……」

女性相手なら痴漢《ちかん》にあったことも自慢に取られる可能性があるから言えないけれど、社長は男性だし、痴漢《ちかん》にあってることも知られてるし……言っちゃっても、いいよね？

「大したことじゃないんですけど、前に一人で映画を見に行った時、痴漢《ちかん》にあったんですよね。それ以来、人と一緒に来てても隣に男性が座ると警戒してしまうというか……なんの罪もない男性には失礼な話なんですけど、勝手に身構えちゃうんですよね。なのでさっきは助かりました！　ありがとうございます」

暗い空気にならないように、できるだけ明るい口調で話したのだけど、

「……そうか」

と言った社長を取り巻く空気が、一気に真面目なものに変わった。

「目立つ容姿は……いいことばかりじゃなくて、恐怖が付きまとうんだな。同じ男として情けないし、腹立たしい」

「あ、いえ、恐怖なんてそんな……か、過去のことですしっ！　大丈夫です！　むしろ警戒される男性の方が気の毒というか……あはは……」

本当はいつもすごく怖い。でも人に話す気なんてなかったし、こんな暗い空気にしたくない。慌てて笑顔を作って、ちっとも気にしてない雰囲気を作ろうとするけれど、社長を取り巻く空気が変わることはなかった。

「辛いことは辛いと言っていい。キミはいつもその場の空気を壊さないように気を遣いすぎる癖があるようだ」

「……っ」

誰にも見抜かれたことなんてなかったのに、どうして社長にはわかってしまうのだろう。

私が社長の前では仮面を被《かぶ》りきれていないから……？

「俺に対して、そういった配慮《はいりょ》は不要だ。素《す》の自分でいて欲しい」

「……で、できません。そんなの……」

もし社長が彼氏だとしても、本来の自分をあけっぴろげにするなんて抵抗がある。

仮面の自分を傷付けられても、作り物だから痛くない。でも本当の自分を否定されたら、私はどうしたらいいかわからない。昔の傷だって、まだ癒《い》えていないのに……

――これ以上、私の気持ちを掻き乱さないで……

なにも言えずにいると、家の前に着いた。

「今日はありがとうございました。たくさんご馳走《ちそう》していただいてすみません。えっと、忘れ物は……」

「ああ、これだ」

手を出すように言われ、その通りにする。社長はシートベルトを外すと、ジャケットのポケットからなにかを取り出す。

私、本当になにに忘れたんだろう。

手の平に載せられたのは、飴《あめ》だった。

「え？」

飴《あめ》……確かに先週の金曜日、私が持っていたものだ。でも、忘れ物って……え？　まさか、これだけじゃないよね？

「あの……」

「確かに返した」

「へ!?　まさか忘れ物って、これだけじゃないですよね!?」

「これだけだが？」

社長は意地の悪い顔でニヤリと笑う。

「こ、こんなの忘れ物じゃないですよっ！」

「忘れ物は忘れ物だ」

これなら会社で返されても、『あ、カバンから落っことしたのかな？』ぐらいで誤魔化《ごまか》せるし！

そっか、だからなにを忘れたか言わなかったんだっ！

「忘れ物って……もーっ！」

衝動的にパッケージを破いて、飴《あめ》を口に放り込む。

はちみつレモンの甘酸っぱい味が口の中いっぱいに広がる。噛み砕こうと歯を立てるけれど、さすがにまだ大きすぎて無理だった。

「いらなかったか？」

わかってるくせにっ……！

「いりませんっ！　忘れ物っていうから、もっと別のものかと……」

シートベルトを外そうとしていると、社長が身を乗り出して顔を近付けてくる。

「じゃあ、返せ」

「返せって、もう食べちゃいま……」

唇を重ねられ、心臓が大きく跳ね上がった。

「ん……っ」
キ、キス――……!?
顔を近付けられた瞬間、されるんじゃないかって本能で悟った。

回避しようと思えば、きっとできた。でも私はなぜかそれをしなかった。

「ちょっ……しゃちょ……っ」

「……今日ずっと気になっていたが、今はプライベートだ。社長ではなくて、名前で呼べ」

「……っ……こ、恋人じゃないんだから、できませ……んぅ……っ」

わずかに開いた唇の間から、長い舌が潜《もぐ》り込んできた。

「んんんっ……！」

舌を絡められると、私の舌と社長の舌の間で楕円形の飴《あめ》がコロコロ転がる。どんどん上昇していく体温で飴《あめ》が溶けて、甘酸っぱい味が強くなっていく。

あ……へ、変になってきた……

頭がぼんやりするのと比例して、身体が敏感になっているみたいだ。

舌が擦《こす》れるたびに触れられてもいないお腹の奥がジンと痺《しび》れて、膣口がヒクヒク疼《うず》き出す。肩に置かれた手が恋しい。そこじゃなくて大事なところを、この前みたいに弄《いじ》って欲しくて――……って、なに考えてるの！　私……っ！

ここは家の前だ。もし両親が通りかかったら……と理性が働いて、力が入らない手で社長の胸を叩く。けれど彼は深いキスをやめようとはしない。

どれくらいそうしていたのだろう。

舌と舌の間で挟《はさ》まれていた飴《あめ》は噛み砕けるほどに小さくなっていて、社長は私の舌の先端をチュッと吸ってその飴《あめ》をさらっていった。

「な、な、なんてこと……するんですか……」

「いらないと言うから、返してもらっただけだ」

社長は小さくなった飴《あめ》を噛み砕き、ニヤリと笑う。

「そんな返してもらい……方っ……！」

舌がとろけて、上手く話せない。

「この前も思ったが、キミは随分《ずいぶん》と感じやすいな」

「……っ……そ、そういうこと言わないで下さいっ！　もう、私……帰りますっ！」

「ああ、またどこかへ出かけよう」

「セクハラをする社長とは出かけませんっ！　おやすみなさいっ！」

簡単に外せるはずのシートベルトがなかなか外せなくて、また笑われてるのが悔《くや》しい。なんとか外して家に入った瞬間、気が抜けてその場にへたり込んでしまう。

「はぁぁぁ～……」

やっぱり今日は出かけるべきじゃなかった――……っ！

「莉々花、帰ってきたのー？」

玄関から動かない足音を不審に思った母が、リビングのドア越しに聞こえてきた。

「あ、う、うん、帰ってきた。ただいまー」

やっとのことで靴を脱いだ私はよろよろと階段をのぼり、自室に入ってベッドに突っ伏した。

舌がまだジンジンしてる……

この前もぼんやり思ったけど、社長はやっぱりキスが上手い。経験値がないから比べる例はないけど、あんな舌の動かし方……常人にできるはずがない。

天性の才能⁉　いや、ないない。そんな超特殊な才能があってたまるか！　これはもう、経験がものを言ってるでしょう……⁉

つまり社長は、女性経験が豊富……！

うん、絶対豊富だよね。キスだけじゃなくて、身体の触れ方といい……すごく慣れてたし？　あんだけイケメンなんだから引く手数多《あまた》だよね。

「……っ……」

胸の奥がチリチリ炙《あぶ》られているみたいになって、一瞬呼吸が止まった。

付き合わないって拒《こば》み続けてたら、すぐに諦《あきら》めるでしょ。経験豊富だし、きっとすぐどこかの女性にアプローチかけられて、気が付いたら私のことなんて忘れて……みたいな感じになるでしょ！

もう、社長のことを考えるのはやめよう。とにかくもう社長と会う理由もないんだし、隙を見てスマホ返して終わりにしよう。

「よし……もう、お風呂入っちゃお」

ジャケットを脱ぐと、ポケットからカサッと紙のような音が聞こえた。

「ん？」

私、なにか入れたっけ？

ポケットの中に手を入れると、千円札二枚が出てきた。もちろん入れた覚えはない。だとすれば社長が？

「どうしてお金を……あっ！」

ま、まさか、私が無理矢理押し付けた映画料金!?　ていうか多いしっ！

ああ、とことんおごられてしまった……

返そうとしても、受け取ってくれないだろうな。そもそも会社でそんなやり取りして誰かに立ち聞きされたらアウトだ。

とりあえずお財布《さいふ》にしまってみたものの、その千円札二枚だけはなぜか特別に思えて、『いつか返すチャンスがくるかもだし！』と理由を付けて、使わないように分けてしまい直したのだった。

◆◇◆

忘れ物を返してもらうという口実デートを終えて、また新しい一週間がやってきた。

『金曜日、予定はあるか？　仕事が終わった後食事に行かないか？　帰りはもちろん送る』

仕事に集中して社長のことを考えないようにしていたけれど、水曜日の夜、自宅で寛《くつろ》いでいる時に送られてきたメールが私の心を掻き乱す。

行きた……いやいやいやいや！　行かないしっ！

『予定はありませんけど行きません。このスマホもお返しします』と打って送信するけれど、『また誘う。スマホに関しては受け取りを拒否する。処分して構わない』と返信がきた。

はい、わかりました。……って、処分できるわけないじゃないっ！

社長も処分できないってわかってて言ってるんだろうなぁ～……っ！　うう、なんだか手の平の上で転がされ続けてる感じ……！

心のどこかでこのスマホを持っている限り社長と繋がっていられるんだと喜んでしまう自分がいて恥ずかしくなる。

とにかく隙を見て返さないと……

そう思ってかなり気を付けながら日常生活を送ってきたのだけど、まったくもって見当たらない。

ああ、もうすぐ今週が終わっちゃう……！

こうしてダラダラ引き延ばしているのは、精神衛生上よくない。この前出かけた時だけでもすでに、前より好きになっちゃったのに、引き延ばせば引き延ばすだけ好きになる要素が増えてしまいそう。

うう、そんなの困るっ！

黙ってデスクに置いちゃおうかな。いや、でも社長のデスクはみんなから見える位置にあるし、それは不可能？　あっ！　でも早めに出社したり、残業で一番最後まで残った時とか誰もいない隙を狙えば……！


金曜日、早速一番乗りで出社した私は、社長のデスクにスマホを置いた。

「これでよしっ！」

ミッションコンプリートした私は、いそいそと自分のデスクに戻る。

なんだか犯罪に手を染めた気分。いや、社長のスマホを社長のデスクに返しただけなんだから、悪いことではないんだけど、なんだか複雑な気分というか……

あああ～ダメ……っ！　考えないようにしなくちゃ！

仕事に集中し出すとあっという間に時間は経つもので、気が付けばもう始業時間だ。

しゃ、社長は……っ!?

こっそり社長の方を盗み見ると、ちょうどスマホを発見したようだった。彼は少々考えた後スマホを手に取り、どこかへ移動する。

とうとうこれで終わったんだ。ホッとしたような、寂しいような……複雑な気持ち。

なにかスッキリする飲み物でも買って、切り替えようかな。

席を立つとちょうど社長と目が合って、心臓が大きく跳ね上がる。あからさまに逸《そ》らすわけにもいかないと思いつつも目が泳ぐ。すると彼はニヤリと笑って、腰をかがめて床になにかを置いた。

んん……？　ってえ⁉

社長が置いたのは、私が返したスマホだ。

なにか落とし物でもして、拾うためにいったん置いたのかな？　と思いきや、またスマホを拾っていた。

え、なになに？　なにしてるの？

「スマホが落ちているぞ。誰か心当たりはないか？」

ええええええええええ⁉

「私じゃないですよー？」

「僕でもないです」

な、な、なにして……

誰も心当たりがないものだから、当然名乗り出るわけもない。真実を知っているのは、私と社長だけ。まさかこんな手に出るとは……！

「おかしいですね。オフィス内に落ちてたってことは、うちの社員のもので間違いないはずなのに」

部下の一人に言われ、社長はシレッとした顔で、「ああ、そうだな」と答える。

ああ、そうだな……じゃないでしょう！　人が冷や汗かいてるっていうのに～……っ！

「……まさか、不審者が入り込んで落としていったとか？」

「あー……最近は物騒な事件も多いもんね……」

オフィス内の雰囲気が、一気に不穏なものとなっていく。

社長！　なに考えてるんですか！　社長～……っ！

視線を送って訴えるけれど、社長は「不審者か、確かにありえない話ではない」なんて言い出すから心臓がバクバク音を立てる。

「あ、中見たら誰のかわかるんじゃない？　やり取りしたメールとかＳＮＳのメッセージとかあるでしょ」

社長がくれたスマホでは、彼としかやり取りしていない。メールの文面には、会話の流れ上、私の名前も出ている。見られたら私と社長がプライベートでやり取りしているのがバレてしまう。

「ああ、それもそうだな。お、ロックかかってないみたいだ。不用心だな。まあ、今は助かるけどさ」

社長からスマホを受け取った男性社員が、スマホを操作する。
ダ、ダメエエエエエエエエ！
二台持ちなんて怪しまれるだろうと思い、私はデスクに置いたままだった自分のスマホを引き出しに素早くしまう。それからすぐにスマホを操作している男性社員に駆け寄った。

「あーっと！　す、す、すみませーん！　それ、私のでしたっ！」

「え、そうなの？」

「すみませんっ！　いやー、最近スマホを変えたばっかりなのでピンとこなくてっ！　よく見たら私のでしたーっ！」

社長がニヤリと意味深な笑みを浮かべるのが見えて、今すぐ抗議したくなる。……けれど、そんなわけにもいかない。

「不審者のものじゃなくてよかったよ。はい」

「ありがとうございます」

スマホを受け取ってホッとしていると、

「始業時間が過ぎてるんだから、ぼんやりするのもほどほどにして欲しいものね。社長に色目ばかり使って、たるんでるんじゃない？」

と、目黒さんがすれ違った時に、みんなには聞こえない小さな声で嫌味を言ってくる。

は、腹立つ～……っ！

それはそうと、勝手に返すって方法は失敗に終わった。

これで社長と縁が切れると思ったのに……

もうこれ以上社長を好きにならないで済むと思ったのに……

ああ、どうやって返したらいいんだろう。

◆◇◆

「杉村先輩、一生のお願いですっ……！」

「い、一生のお願いって言われても……」

定時を少し過ぎた頃に仕事を終えた私は、『この前OKしてたら、今日は社長とご飯に行くんだったのかー……』なんてぼんやり考えながら、トイレに立ち寄ったところユキちゃんにつかまった。

「今カレとの仲を取り持ってくれた専門学校時代の先輩でぇ～ミッコ先輩っていうんですけどぉ、めっちゃお世話になったから断れないんですっ！　杉村先輩、助けて下さぁいっ……！」

現在私は、ユキちゃん主催の合コンに誘われている。

女子メンバーの一人に彼氏ができて来られなくなってしまったので、急きょ一人必要になったそうだ。

ということで、声をかけられてしまったわけなのだけど……

「でもユキちゃんも彼氏いるでしょ？　おじさん、浮気は感心しないなぁ」

「またそんなギャグ言っちゃってぇっ！　それは大丈夫です！　事情はちゃんと話しててぇ、彼氏も協力してやれって言ってくれてるんですぅ！　いろんな友達に聞いて回ったんですけど、今日に限ってみんなつかまらなくてぇ……もう杉村先輩しか頼れる人がいないんですっ！」

私、この前から合コンに呪われてるっ！

「ご、ごめん。私、合コンはどうも苦手で……」

「そこをなんとかっ！　お願いしますっ！」

ユキちゃんがここまで粘るということは、相当困っているんだろうなぁ……

社会人になってから初めてできた後輩。

仕事の面でも、それ以外でも細やかな心配りでいつも支えてもらってるし、彼女の明るさは見ているだけで元気をもらえるし、できるだけ力になってあげたいけど……うーん……

合コンに参加することで同性の反感を買って、ユキちゃんとの関係性が壊れちゃったら？

……でもでもユキちゃんは彼氏がいるから、今日のメンバーを狙ってるわけじゃないし、うーん、うーん……

「じゃあ、条件付きなら……」

「え、ホントですか⁉　って条件？」

「今日は私、スマホ忘れたってことにしてくれる？　それから男の人とは仲よくなりたくないから、ユキちゃんからも、連絡先は一切教えないで欲しいの。あくまでも数合わせってことなら付き合うよ。それでもいい？」

「わかりましたぁっ！　ってことは杉村先輩、今彼氏いる感じですかぁ？」

あっ……確かにこの言い方だと、そう聞こえるのかっ！　でも目黒さんにはいないって言っちゃったんだよね。でも目黒さんとユキちゃんって仲がいいわけじゃないし、大丈夫かなぁ……いや、どこから綻《ほころ》びが出るかわかんないし……！

「彼氏はいないんだけど、その一……」

モテたくないから！　なんてことは口が裂《さ》けても言えないし、なんて言ったらいいだろう。上手い言い訳が思い浮かばない。答えかねていると、ユキちゃんが瞳をキラキラ輝かせながら身を乗り出してくる。

「あっ！　好きな人がいるんですねっ⁉」

ひっ……⁉　え、なんで⁉　なんでわかったの⁉　まさか私、社長が好きだってあからさまな態度しちゃってる⁉

「ド、ドウシテ？」

ああ、動揺しすぎて片言になってしまう。

「ふふ、わかります、わかります！　あたしもそういうタイプですからぁっ！」

「タイプ？」

「好きな人がいる時って、他の男がカスみたいに見えるんですよねぇ～っ……もう話しかけられるのも、連絡されるのも鬱陶《うっとう》しいっていうかぁ～」

あ、なるほど！　そういうことか……！

「目の前にいる男じゃなくて、好きな人のこと考えちゃうんですよねぇっ！　あたしも今日は、彼氏のことばっかり考えちゃうと思いますっ！」

目の前にいる男じゃなくて、好きな人のこと……

ああ、そうか。だから私、初めての合コンの時、社長のこと考えちゃってたんだ。

「じゃっ！　今日はミッコ先輩が選び放題の逆ハーレムってことでぇっ！　むしろミッコ先輩もその方が喜ぶと思いますっ！　彼氏すっごい欲しがってましたしぃっ」

「うん、そういうことで」

◆◇◆

人生二度目の合コンは、二時間ほどで和《なご》やかに終わった。

避けに避けてきた合コンに、まさかこんな短期間で二度も参加することになるとは……

連絡先は聞かれたけれど、スマホを持ってきていないということにしたから交換しないで済んだし、ユキちゃんも『もしあたしに聞いてきたとしても誤魔化《ごまか》しますから大丈夫ですっ！』と言ってくれたので安心だ。

とても穏やかな気分。目黒さんの時とは大違いだ。

これから彼氏とデートするユキちゃんと別れ、駅を目指す。いつものように防犯ブザーがあることを確認！

それからなにかあった時、すぐに助けを呼べるようにスマホを……あれ？

社長からもらったスマホはあるけど、自分のスマホがない。落とした!?　と青ざめるけれど、記憶を辿《たど》ってみると……思い出した。そうだ、さっき会社の引き出しにしまって、そのまま忘れてた。

社長は男性でなければ誰かと連絡を取っても構わないと言っていたけれど、料金は彼が払っているわけで、社長以外にかけるのは気が引ける。

このまま帰って休みたいところだけど、ここから事務所までそう遠くないし、横着しないで取りに行くことにした。


会社が入っているビルの前に着き見上げると、事務所のある五階に電気が付いているのが見えた。

あ、まだ誰か残ってるんだ。

でも、フロア全体に灯《とも》っているというより、一部分だけ照らされているような淡い光――

『一人の時は電気を消して、パソコンの明かりだけで仕事をしてる』

以前社長とした会話を思い出す。

もしかして、残ってるのって社長だけ？

油断していたせいか、社長と二人きりになれることを喜んでしまう自分に気付いた。

なに考えてるの！　私っ！　あんな意地悪なことする社長なんて、知らないしっ！　嬉しくないしっ！

それに今残っているのは社長と同じように暗い方が落ち着くと考えて、パソコンの明かりだけで仕事をしている別の人かもしれない。

そうだよね！　社長とは限らないいっ！　限らないんだから！

そう思いながらも、社長の可能性に期待して心が弾んでしまう。そんな考えに気付かないふりをして、事務所へ向かった。

「お疲れ様でーす……」

そぉっとフロアに入ると、私は自然と社長のデスクを一番に見てしまう。

「杉村、帰ったんじゃなかったのか？」

「はい、あの、忘れ物しちゃって……」

ああ、ダメ……

さっきはどうしてあんな意地悪したんですか！　すごく焦《あせ》ったんですよ！　と言ってやりたいのに、なんだか気恥ずかしくて顔を見ることすらできない。

初恋したばっかりの中学生じゃないんだから！　……って私の恋愛スペックは確かに中学生の時のもので止まってるんだけどもね。

「手元が見えないので、電気つけてもいいですか？」

「ああ、構わない」

電気を付けて明るくするとなおのこと社長の顔が見られなくて、俯《うつむ》きながら自分のデスクまで向かう。

「また防犯ブザーか？」

「いえ、スマホです。……自分用の」

文句！　さっきの意地悪について文句を……というか、社長からもらった方のスマホを今返しちゃおう！

自分のスマホをすみやかに回収した私は、電気を消してから社長のデスクの前まで行って、そっとスマホを置く。

「……これ、お返しします」

「返却不可だと言ったはずだが？」

今、社長はどんな顔をしているだろう。目を逸《そ》らしたままだからわからないけれど、笑顔でないことだけはわかる。

「そ、そんなの知りません。社長が勝手に言ってるだけじゃないですかっ！　さっきだってみんなの前で芝居《しばい》なんかして、あんまりじゃないですかっ！」

「直接返してくれないキミの方が酷《ひど》いと思うが？」

「うっ……」

それを言われると、罪悪感が……

思わず口籠《くちごも》る私を見て、社長が笑うのがわかった。

「だ、だって、受け取ってくれないじゃないですかっ！　捨てるなんてできないし、もう黙って返すしかないと思って……」

「俺は返してもらいたくないから、キミが持っているしかないな」

こんなあっさり社長のペースに持っていかれちゃうのは、私の恋愛経験値があまりに低いせい？

それとも社長の恋愛経験値が高すぎるから？

「私、いくらメールをもらっても、社長とは……つ、付き合いませんよ!?」

「ああ、知っている。だからキミが付き合う気になってくれるまでアプローチし続けるつもりだ」

これ以上関わってたら、もっと好きになっちゃう……！

「なっ……困りますっ！」

思わず顔を上げると、初めて社長と目があった。

あっ……

「嫌だとは言わないんだな」

「……っ」

顔が熱くなって、あからさまに目を逸《そ》らしてしまう。

なにか言わなきゃ……なにか……なにか……

『嫌です！』と言えばいいのだけど、言えなかった。だって嫌だなんて思ってない。嫌だと思っているなんて思われたくない。付き合う気がないんだからそう思われた方がいいとはわかっていても、喉《のど》になにかを押しこめられたみたいで言葉が出ない。

仮面を被《かぶ》っている時なら、心にもないことを話すのは簡単なのに。言えないのは彼の前だと仮面が外れてしまっているから？

「顔が赤いな？」

「こ、これは……その……お酒、そうお酒……っ……呑んだからです……っ！」

確かにお酒は呑んできたけれど、これはお酒による赤みじゃない。上手い言い訳を思い付いたと思ったのに、ククッと笑われたので誤魔化《ごまか》しているのだとバレているらしい。

「どこかで呑んできたのか。……酒はしばらくいらないと言っていたような気がするが？」

「一人だけソフトドリンクだと雰囲気壊しちゃうと思ったので、仕方なく呑んだだけです。ビール二杯までなら大丈夫だってわかってるので……」

「ああ、なるほどな。ところで今日は予定がないと言っていなかったか？」

「なかったんですけど、急に入ったんです。どうしても合コンのメンバーが足りないってユキちゃんが困っていたので」

なに気なく本当のことを話すと、社長を取り巻く空気がピリッと鋭くなる。

え、なに……？

「俺の誘いは断るけれど、合コンには行くのか？」

「え？　や、合コンだから行ったんじゃなくて、ユキちゃんの頼みだったので……」

社長は静かに席を立つと、私をデスクの上に押し倒した。

「あっ……ちょっ……社長……っんん……!?」

混乱しているうちにあっという間に唇を重ねられ、荒々しいキスをお見舞いされる。

どうしてこんなことに!?

「ん……っ……うっ……んんっ……」

社長が嫉妬《しっと》しているのだと気付いたのは、呑み切れなかった唾液が唇の端から流れてからだった。

オフィスには鍵がかかっていない。社員なら誰だって入ってこられる状態だ。

もし私みたいに忘れ物をした人がいたら？　取り引き先から急にデータを送って欲しいって言わ

れて、一度退社したけど戻ってきたとしたら？

そんなことをあれこれ考えるけれど、社長は構わず胸に触れてくる。

「だ……めっ……社長、誰かに見られたら……んんっ……」

「暗くて見えないだろう。こうすれば、もっと見えない」

ノートパソコンを閉じると、社内はたちまち暗くなった。

あ、本当だ。これで安心っ！　ってそんなわけない。

「そういう問題じゃ……っ……んんっ……！」

ふたたび唇を奪われ、舌と一緒に思考までとろけていく。

服の上から揉《も》まれると、胸がブラのカップごと形を変える。カットソーとブラ越しに伝わってくる刺激はこの前与えられた刺激よりも鈍い。でもかえって焦《じ》らされているようで――

だめ……早く、早くやめてもらわなきゃ……！

荒々しく揉《も》まれていると、カップから胸がこぼれた。

あっ……！

社長も手の平に伝わってくる感触でわかったのか、指の腹で胸の先端を潰《つぶ》すように刺激してくる。

「んー……っ……んぅ……っ」

胸の先端が、みるみるうちに硬くなっていくのがわかる。触れている社長もそのことには気付いているはずだ。

カットソーごと胸の先端を抓《つ》まれ、ビクンと身体を跳ね上がらせてしまう。パンプスが脱げて、床に落ちた。

わっ……！

わずかな音なのに、とても大きな音に聞こえる。

お腹の奥がズクズク疼《うず》き始め、膣口から愛液が流れ出してショーツを濡らし始めていた。

や、やだ、どうしよう……

暗くて視界が遮《さえぎ》られているから、他の感覚が敏感になっている気がする。触られたら、感じていることがすぐにバレてしまう。

「も……離し……っ……あっ……」

太腿《ふともも》を撫《な》でられ、社長の手がスカートの中に潜《もぐ》り込んでいることにようやく気付く。

「だ、だめ……っ……しゃ、社長……っ……もう、やめ……っ！」

恥ずかしい場所を隠したくて足を閉じようとするけれど、社長はそんなことお見通しというように自分の身体を足の間に割り込ませてくる。

だから、内腿《うちもも》にいくら力を入れても、社長の身体を締め付けるばかり……

社長の手は内腿《うちもも》を通り抜け、ストッキングとショーツ越しに割れ目を撫でた。

「……っ……あっ……」

クチュッといやらしい音が響いて、顔が熱くなる。

「もう音がするぐらい濡れてるな」

い、言わないで――……っ！

「や……っ……も……や、やめ……っ」

身をよじらせても、社長は手をどけようとはしてくれない。擦《こす》られるたびに音が大きくなっていく。

くちゅ、くちゅくちゅっ……

社内にいやらしい水音が響いて、私の羞恥心《しゅうちしん》を刺激する。

「ぁっ……やっ……んんっ……しゃ、社長……やめっ……ぁんっ……」

「そんな可愛い声で鳴いては、暗くてなにも見えない状態で、もし誰かが入ってきたらすぐバレてしまうぞ」

「……っ……！」

慌てて口を手で押さえても、弄《いじ》られるたびに声が漏《も》れてしまう。社長の手はどんどん遠慮《えんりょ》のないものになっていって、ついにショーツの中に侵入する。

「あっ……！」

指は遠慮なく割れ目の間に潜《もぐ》り込んできて、膨《ふく》らんだ敏感な場所を模《かたど》るようになぞった。

「――……っ……んんぅっ……」

だ、だめ――……っ！

指が動くたびに、頭の中にチカチカ閃光《せんこう》が走る。

「キミは感じると、ここが切なくなるんだったな。今もか？」

切ない……

でも認めるのは恥ずかしくて、悔《くや》しくて……私は首を左右に振って否定する。

「この前は素直だったのに、今日は強情《ごうじょう》だな？」

「……っ……あ、あれは、夢だと思った……からっ……んっ……ぁ……」

足先から快感がせり上がってきて、もうすぐイッてしまいそう。

「じゃあ、今も夢だと思えばいい。あの時みたいに、ここが切なくて弄《いじ》られると気持ちがいいと言ってみろ」

「やぁ……っ……あ、んんっ……」

こんなところでイクわけにいかないと思いながらも、このまま快感に押し流されたいという欲求には逆らえない。

イキたい……

けれど、もう少しでイケそうになった時、社長が手の動きを止める。

「へ……？」

「どうかしたか？」

「い、いえ、なんでも……」

どうして急に動きを止めるの……？

戸惑っているとお腹の近くまできていた快感の波が、足元まで引いてしまって切ない。しばらくすると社長がふたたび指を動かし始めて、イキそうになるとまた動きを止められた。

ま、まさか、わざと……!?

「イキたいのに、イケないのは辛いか？」

耳元で尋ねられ、やっぱりわざとだと悟る。

「……っ……べ、別に……私、イキそうなわけじゃ……ないですしっ……」

頑張って虚勢《きょせい》を張るけれど、ククッと笑われてしまった。

「キミはイキそうになると、ここがヒクヒク動くからすぐわかる」

敏感な粒を軽く抓《つ》まれ、私は大げさなぐらい身体を跳ね上がらせる。

「ぁんっ……！」

顔が沸騰《ふっとう》しそうなくらい熱くなり、悔《くや》しくて力の入らない手で社長の胸を叩く。

「どうしてこんな……っ……意地悪するんですかぁ……っ！」

「キミの方が意地悪だろう。誰とも付き合う気がないと言って俺を拒絶しておきながら、他の男と出会うために合コンに行った挙句《あげく》、それを報告してくるんだからな」

カットソーをめくられて、カップからこぼれた胸の先端を舌でなぞられる。

「私、そんなつもりじゃ……っ……あっ……んんっ……」

目が慣れてきて、社内の様子がうっすらだけど見えるようになってきた。

私、社内でこんないやらしい格好にされて、こんなエッチなことされてるなんて……

私、今きっと興奮してる。

イキたいのに焦《じ》らされたままだから、おかしくなっちゃったのだろうか。

「俺と付き合うと言えば、イカせてやるが？」

耳元で、悪魔のささやき――

このまま付き合うと言ってしまえたら……と思うのは、単にイキたいから？　ううん、違う。それはきっと……

「……っ……」

しっかりして！　私っ！　仮面！　仮面被《かぶ》り直して……っ！

「け、結構……ですっ……んっ……ぁ……っ……ふぁ……」

これ、なんて拷問《ごうもん》――……!?

ひたすら焦《じ》らされながらも告白を突っぱね続けた私は、結局一度もイカせてもらえなかった。

服を正した後も身体が熱くて、頭も高熱を出したみたいにぼんやりしてる。ショーツどころかストッキングまでグショグショで、敏感な場所が今すぐ触れたくなるぐらいに疼《うず》いてる。

「送っていくから、しばらく待て」

「わ、私……一人で帰れます。まだ、終電もあります……し」

ああ、息が上がって恥ずかしい。

涼しい顔で椅子に座って、ノートパソコンを操作している社長が憎《にく》らしい。私はこんなに大変だっていうのにっ！

押し倒されたデスクに座ったまま、私は立ち上がれずにいた。

「そんな誘うような顔でこの時間帯の電車に乗るなんて、襲ってほしいと言っているようなものだ。大人しく送らせろ」

「誘っ……⁉　……だ、誰がそんな顔にしたと思ってるんですかっ！」

「誰だ？」

意地悪な顔で笑いかけられ、悔《くや》しくてフイッと顔を背《そむ》ける。

「し、仕事、まだ残ってますよね？　私、やっぱり一人で帰りますっ」

「仕事なんてもうとっくに終わった」

「へ？　じゃあ、どうして待つんですか？　……あっ！　まさか私に意地悪するためにっ⁉」

なんてドS……！

ジトリと睨《にら》むと、社長は苦笑いを浮かべる。

「治まるのを待っているだけだ」

「治まるってなにがですか？」

キョトンとしていたら社長が手を伸ばしてきて、スカート越しに私の恥ずかしい場所を押さえた。そこを揉《も》まれると、じれったい快感が走る。

「ひゃぅっ⁉　あ……な、なんてとこ……揉《も》んで……っ……ひぅっ……」

「ここが変化しているのは自分だけなんて思わないことだ。好きな女に触れて、なにも反応しないと思うか？」

変化？　反応？　……ま、まさか、もしかして、いやもしかしなくても……

「あ、の……それは『ぼ』の付く現象ですか？」

「そういうことだ」

やっぱり――……！

そっか、私に触れて反応するんだ。そっか……そっか……

変態や痴漢《ちかん》からは性の対象として見られることが嫌で仕方がなかったけれど、社長からはそう思われるのが嬉しいと感じてしまう。

つまりそれは、社長が私のことを好きだとわかるからこそ嬉しくて……

ああ、ダメだ。社長といればいるほど、確実に気持ちが育つ。

このままじゃ、やっぱりまずい……

「杉村、再来週の金曜日だが」

「デ、デートはしませんよっ!?」

ってあれ？　今、苗字で呼んだ？　プライベートな時間なのに？

「そうじゃない。まあ、デートに誘いたいのは山々だが、仕事の話だ」

「あ、そ、そうだったんですね。すみません。でも、なんでこんな時に仕事の話を？」

「真面目なことを考えれば早く治まる。協力しろ」

そ、そういうものなんだ……

「再来週の金曜日、キミは俺と大阪に一泊二日で出張へ行ってもらう」

「大阪、ですか？」

「ああ、大阪のテレビ局からの依頼だ。秋の改編で女性をターゲットにした新番組を始めるらしい。キミには番組のタイトルロゴや宣伝ポスターなどを作ってもらうことになる」

「でもテレビ局にはテレビ局内に専属のデザイナーがいますよね？　どうしてうちに依頼が？」

「場合によっては外注することもあるらしい。一度直接打ち合わせをしたいそうだ。もうすぐパルファムの仕事も落ち着くだろう。頼めるか？」

「あの、どうして私なんですか？　しかも出張って……もしかしてなにか仕組んでるんじゃ……」

テレビ局の仕事なんてやったことないし、どんな仕事かワクワクする。でも……

「仕事に私情を挟《はさ》むわけがないだろう」

ぴしゃりと言われ、恥ずかしくなると同時に嬉しくもなる。

「キミを早く手に入れたいことは認めるが、この仕事に選んだのはキミの実力だ。うちの事務所のサイトに上げてあるキミのデザインを見て、任せたいと局側から指名があったんだ」

「本当ですかっ⁉　私、やります！　やりたいです！」

「ああ、キミならそう言うと思った」

「でも、どうして社長も出張に同行するんですか？　テレビ局だからちょっと緊張しますし、確かに誰かがいてくれたら心強いなぁとは思いますけど、一人で大丈夫ですよ？」

男性絡みのトラブルが多いって知られちゃったし、やっぱり贔屓《ひいき》……？

「……また、贔屓《ひいき》していると思っていないか？」

見抜かれてた……！

「違うんですか？」

「まあ、そう思われても仕方がないが違う。キミに限らず、新規のクライアントとの打ち合わせにはトラブル防止を兼《か》ねて必ず同行している。うちは比較的新しい事務所だし、足元を見て無理難題をふっかけてくるところもあるからな」

「あ……」

そういえば、新規のクライアントとの打ち合わせには確かにいつも社長が同行してくれていた。新規のクライアントを受け持つのは入社一年目以来かも。パルファムとは今の大きな仕事をもらう以前からも他の人が取り引きしてたし、それ以外も全部前から付き合いのあるクライアントばかり。

前回新規クライアントの仕事をした時は、新人だから同行してフォローしてくれていると思ってたけど、そうじゃなかったんだ。なんでもっと早くに気付かなかったんだろう。

「勘違いしてすみませんでした……」

は、恥ずかしー！　完璧自意識過剰だった……っ！

「まあ、勘違いされてもおかしくない状況だからな。別に謝らなくてもいい。要領を掴《つか》むまで大変かもしれないが頑張ってくれ」

「はい、頑張りますっ！」

自分の実力を伸ばすためにも、君島デザイン事務所の未来のためにも、この仕事――絶対成功させたい！

でも私がそう思ったように、私と社長が付き合い始めて、そのことが周りに知られたら……パルファムの仕事どころかこの仕事も、この先の仕事も恋人だから贔屓《ひいき》されているんだと思われるかもしれない。

でも私の中の恋心は、もうどうしようもないほど育ってしまってる。

じゃあ、デザインを捨てて社長と付き合う？

……ダメ。だって社長が好きになったのは私の顔か仮面を被《かぶ》ってる今の性格だもん。本性《ほんしょう》を知られたらすぐに嫌われる。

恋をすると、自分がどれだけ計算高くて嫌な女かってことを思い知る。

社長のことは好きだけど、私……自分になにもなくなってしまって無価値な存在になるのが怖い。

◆◇◆

そして翌々週の金曜日、私は予定通り社長と大阪のテレビ局『テレビオーサカ』を訪れていた。

打ち合わせはテレビ局の制作フロアにある一室で、プロデューサーとディレクター、そして私と社長の四人で行われた。

「いやぁ～！　杉村さんがこんなべっぴんさんだったなんて、ホンマ驚きましたわぁ～！　芸能人ちゃいますの？」

「あ、あはは、いえ、そんな……デザイナーの杉村です。よろしくお願いします」

女性をターゲットにした番組と聞いていたから、てっきり女性との打ち合わせだと思ったけれど、プロデューサーとディレクターは中年男性だった。

電車であう痴漢《ちかん》といえば私の場合は中年男性が多いものだから、なにもされていないのに少し身構えてしまう。

でも社長が隣に座っていてくれるから、動揺することなくいつものペースで打ち合わせを進行できた。二人は土地柄もあるのか明るく気さくな感じで、無理難題を言われることもなく、打ち合わせは穏やかに進んでいく。

「女性をターゲットにした番組なもんで、ピンクや温かい色合いを基調としたいですねぇ、ロゴの書体なんかも柔らかめで」

「はい、わかりました。こちら書体の一覧表なんですが、イメージに近いものはございますか？」

「あー……これとか、あっ！　これとかもええわぁ〜！」

「じゃあ、こちらの雰囲気に近い書体をイメージして作成しますね」

「ええ、頼んます！　そちらに外注させていただくのはロゴと番組ポスターで、テロップ類はこちらのデザイナーっちゅーことで。ロゴが完成したらその雰囲気に合わせて、テロップのネーム帯とかワイプの飾りとかも作っていきますんで」

「わかりました。えーっと初期案の締め切りは、お聞きしていた通りの日程でよろしいんですよね？」

「あーっと……それがこっちのデザイナーの作業もあるんで、一週間……いや、二週間ぐらい巻きで」

「えーっと……」

二週間……この案件以外の新規の仕事も入ることが決まってるし、パルファムの修正もあるだろうし、かなりきつい。でも徹夜すればなんとか……いや、もし重なったら徹夜しても無理だ。でも納期を延ばして欲しいなんて頼んだら、他のデザイン事務所に頼むって言われるかも……

どこかずらせないかな？　とりあえず大丈夫って言っておいて後で調整を……ううん、それはダメだ。もしずらせなかった時に困る。

じゃあ他の人に頼んで……ううん、でも迷惑かけたくないし、できないのなら最初から引き受けるなって思われるかもしれない。それなら多少無理してでも全部自分でやった方が……

スケジュール帳と睨《にら》めっこしたまま答えかねていると、プロデューサーのスマホに電話が入った。

「あー……あの件か、すんません。ちょっと席外してよろしいですか？」

急な用件だったらしくて、「大丈夫ですよ」と答えると急いで外に出ていった。

「話の腰を折ってしまって、えらいすんません」

「いいえ、大丈夫ですよ。私もスケジュール調整でお時間いただきたかったので」

「ホンマですか？　じゃあー……僕もちょっと失礼しても構いませんか？　いやぁ実はさっきからトイレ我慢してて……あっはっは。いやいや、芸能人かと思うぐらいのべっぴんさんとイケメンを目の前にしたもんやから、緊張して行きたくなってもうて」

「はい、大丈夫です。戻ってくるまでに調整を済ませておきますので」

『頼んます～！』と明るく返事をして、ディレクターは小走りで出ていった。余程トイレを我慢していたらしい。

クライアントを目の前にしてスケジュール調節をするのは、待たせているというプレッシャーを感じてしまう。こうして席を外してくれて助かった。

「スケジュール、今のままだと厳しいな」

「はい、すべてが重ならないなら、きついですけど徹夜すればなんとか……でも重なると確実にアウトです」

「パルファムの修正はキミを外すことはできないが、キミに回すはずだった他の仕事は別の者にフォローさせる。それならどうだ？」

「問題ないんですが、他のみんなに迷惑をかけるのは……」

「キミの怠慢《たいまん》が招いたことじゃなく、先方のスケジュール都合で変更が出たのだから仕方がない。前々から思っていたが、キミは人に負担をかけないよう、自分ですべて背負い込んでしまう癖がある。もう少し周りを頼れ」

え、私ってそんな風に見えるの!?

徹底して仮面を被《かぶ》って本心が見えないようにしているはずなのに、どうして、わかっちゃうんだろう。

やっぱり社長の前では仮面が外れちゃってる!? いやいや、でも前々からって言ってた。仮面が外れてるとしてもあの夜以降だろうし、社長がそれだけ社員をよく見ているということなのだろう。

仮面の中まで見透《みす》かされるなんてビックリ……やっぱり社長はすごい。

でも、他の人を頼るのって勇気が必要だ。嫌な顔されるくらいなら一人で全部やった方がいいってどうしても思ってしまう。これは、私が今まで素《す》を見せずに人付き合いをしてきた結果なのだろう。恋愛偏差値どころかコミュニケーション能力も低すぎて笑えない。

いっそのこと、仮面を外せば人並みにできるようになるのかな。人付き合いも、恋愛も――

「いやぁ、お待たせしてすんません！」

ドアが開く音で、ハッとする。

私、今……なに考えてた？

「ってあれ？　うちのD《ディレクター》はどこ行きはりました？」

「お手洗いに行かれましたよ」

「あっちゃー……あいつは腹が弱くてかなわんわ。ホンマすんませんっ！　で、スケジュールはどないなりました？」

「ご提示いただいた納期で大丈夫です」

一生仮面は外さないと誓ったはずなのに、仮面を外すことを考えるなんて――！

これ以上社長への想いを大きくしてはダメだ。早く好きになるのを止めないと、仮面を破って本来の自分が出てきてしまう。

早く、止めなきゃ……

◆◇◆

打ち合わせの後は親睦《しんぼく》を深めようとのことで、ＡＤやカメラマンといった番組関係者も交えて呑みに行った。

「自分たちでたこ焼きを作って呑めるお店があるなんて驚きでした」

「さすが大阪だな。スタッフ全員、焼くのが上手だった」

「社長が焼いたのは……その、ものすごく個性的な造形のたこ焼きでしたね」

「素直に下手と言っていいぞ」

一次会はそのたこ焼きのお店、二次会はボウリングに行って、三次会はカラオケへ……と誘われたけれど緊張や長距離移動したこともあって流石《さすが》にヘトヘトだったので遠慮《えんりょ》させてもらった。

駅前のビジネスホテルにチェックインして、エレベーターに乗り込むとソースの匂いが充満……！

「帰りがけに消臭スプレーをかけたけど無駄でしたね」

「確かこのホテルは夜間クリーニングサービスがあったはずだ。ジャケット、出しておいた方がいいぞ。俺も出す」

「わ、ありがたいです。帰りの新幹線でソーステロしなくてすみますっ！」

私の部屋は五階、社長の部屋は六階だ。エレベーターが五階に停まり、ドアが開く。

「じゃあ、お疲れ様でした。おやすみなさい」

「ああ、おやすみ。ゆっくり休め」

社長との出張、なにかあるんじゃ……なんて思ってたけど、そんなこともなく普通に仕事で終わった。そのことにホッとしている自分と、少しだけガッカリしている自分がいる。

もう好きにならないと決めたくせに、決意とは裏腹に期待してしまう恋心が腹立たしい。

起きてたら変なことばっかり考えちゃう！　早くシャワー浴びて寝よう。

ジャケットを夜間クリーニングに出して、すぐに入浴の用意を整える。

「えへ、可愛い」

緊張から解放された私を待ち受けているのは、買ったばかりの可愛い下着とルームウェア！　もちろん次の日に付けるシンプルな下着も忘れていない。荷物は多くなるけど、誰にも見られるわけじゃないし、寝る時ぐらいは自宅と同じように寛《くつろ》いで過ごしたいと思って持ってきたのだ。

大切に胸に抱えてバスルームへ向かい、シャワーのコックをひねると、出てきたのは水……頭から思いきり被《かぶ》ってしまった。

「ひぃっ!?」

つ、冷た……心臓麻痺《まひ》起こすかと思った。温度設定を間違えちゃったのかな？

でもお湯を出す設定になってる。試しに設定のボタンを水の方に変えてからお湯の方に戻してみるけど、水しかでない。恐る恐る熱湯の設定にしても水しかでない。

……まさか、壊れてる!?

慌てて服を着直し、フロントに電話する。確認してもらったけど、やっぱり故障らしい……しかもすぐには業者に来てもらえない上、別部屋の空《あ》きもないそうだ。

そ、そんなー……！

迷惑料として宿泊代を半額にしてくれると言われたけど、倍額出してもいいから今日お風呂に入りたい！　汗もかいてるし、身体中ソースの匂いがするし、洗わないという選択肢はない。

うう、もう水で洗うしかないかなぁ……

でも、パルファムや新しい仕事も待ち受けている中、今風邪を引いたらシャレにならない。

「つくっしゅん！　さ、寒～……」

そういえばすぐに温かいシャワー浴びれると思ったから、水被《かぶ》ったまま髪乾かしてなかったんだった。

途方に暮れていると、社長からもらった方のスマホが振動してメールの着信を知らせた。

『戸締まりをしてゆっくり休め。ドアガードもしっかりかけた方がいい』

社長の部屋でシャワーを浴びさせてもらえないかな。……ううん、ダメ！　もう寝るだろうし、それに……シャワーを浴びさせて欲しい、なんて頼んだら変な感じじゃない!?　なんか誘ってるみたいに聞こえるっていうか……あーっ！　やっぱ社長に頼むのは却下！

そうだ、漫画喫茶！　一回も行ったことないけど、漫画喫茶にならシャワーがあるって聞いたことある！

深夜一時三十分――この時間帯に知らない土地で出歩くのは怖いけど、汗とソースの匂いを洗い流すためには仕方がない。

スマホで漫画喫茶の場所を調べて、カバンと入浴道具と明日着る予定だった服を着替え用に持って部屋を後にする。ロビーを通って玄関に向かうと、シンプルなカットソーとボトムスに身を包んだ社長とバッタリ会った。

うしろめたいことをしているわけじゃないのに、なぜかギクッとしてしまう。目が合わせられなくて視線を落とすと、社長が買い物袋を持っていることに気付く。

「社長、買い物ですか？」

「ああ、口寂しくなって飴《あめ》と、ついでに酒を買ってきたところだ。キミこそ、こんな時間にどこへ行くつもりだ？　コンビニに行きたいなら危ないから付き合う。……いや、コンビニにしては妙に大荷物だな」

「実は部屋のシャワーが壊れちゃって……これから漫画喫茶にシャワーを浴びに行くところです。頭から水被《かぶ》っちゃって参りました。あはは……」

誤魔化《ごまか》すのも変だし、正直に話した。すると社長の表情がみるみるうちに不機嫌になる。

「なぜそこで、俺の部屋のシャワーを使うという選択にならない？」

「え、いや、その……」

「いいから来い」

社長は私の手首を掴《つか》むと、強引に部屋まで連れ帰った。

さっきギクッとしたのは、社長を頼らないで一人でなんとかしようとしたことを怒られるとわかっていたからかもしれない。

◆◇◆

「じゃあ、お借りします」

「ああ、ゆっくり温まってこい」

ユニットバスは濡れて、洗面台の鏡が曇《くも》っている。

当たり前だけど、ここで社長がシャワーを浴びたんだ。

ドア越しには社長がいると思うと、鍵がかかっているのに意識してなかなか脱げない。

あーもう、意識しすぎだし！　私がいたらいつまでも社長が休めないし、さっさとシャワー浴びて部屋に帰ろう！

勢いをつけて服を脱いで、急いでシャワーを浴びた。

「はぁ、さっぱりした〜……！」

やっとソースの匂いから解放された……！

身体を拭《ふ》いて下着に手を伸ばし、ハッとする。

可愛い下着、持ってきちゃったたっ！

いつものシンプルなものとは違って、フリルとりぼんがたっぷり付いたおニューの下着……！

こんな気合いの入った下着を着けてるなんて知られたら、誘ってると思われちゃう！

仕方ない。気持ち悪いけど、今まで付けてた下着をもう一回つけて、部屋に帰ってから新しいのに替えようと今までしていたブラを持ち上げる。すると、ふわっとソースの匂いが……

ううう……っ！　こ、これはやっぱり無理～……っ！

鉄板焼きとか焼肉に行くと、どうして下着にまで匂いが浸透《しんとう》しちゃうんだろう。シャワーを浴びる前は平気だったけど、シャワーを浴びると途端に気になったりするんだよね～……はぁあ……って、あれ？

冷静になって考えてみると、気合いの入った下着を付けてるなんて知られるわけがなくない？

フリルがいっぱい付いてるから服が少し浮いて見えるけどそこまで目立たないし、濡れちゃうけど髪を前に垂《た》らせば完璧見えない。しかもネイビーのカットソーだからまったく透けてない。

私、パニックになりすぎ！

さっさと着替えと帰り支度《じたく》を整えてバスルームを出ると、ビールを片手にベッドでテレビを見ている社長の姿が目に入る。

「えっと、シャワーありがとうございました」

「ああ、……髪がまだ濡れてるぞ？」

「自分の部屋で乾かすので大丈夫です。さすがにドライヤーは壊れてないと思うので。じゃあ、失礼しま……」

「待て」

社長は腰を上げるとサイドテーブルにビールを置いて、洗面所からドライヤーを持ってきた。

「あの……」

「そこに座れ。俺が乾かしてやろう」

「へ!?　い、いいです！　子供じゃないんですから、私、自分で……」

「いいから座れ。ちゃんと乾かさないと風邪を引く」

逆らえる雰囲気じゃなかったからか、仮面の下の自分がまだ一緒にいたいと思ったからか、どちらかはわからないけれど、私は言われるままに簡素なドレッサー前のスツールに腰を下ろす。

「痛かったり、熱かったりしたらすぐに言ってくれ」

「えーっと、はい」

な、なんでこんなことに……！

私の髪を乾かす社長の姿が、鏡に映っている。なんだか見てはいけないものを見ているみたいで、気恥ずかしくて思わず俯《うつむ》いてしまう。

「……備え付けのシャンプーとは別の香りがするな」

「あ、備え付けのだとゴワゴワになるので、自宅からいつも使ってるものを持ってきたんです」

ドライヤーの音で聞こえないから、二人とも自然と声が大きくなる。

「道理で手触りがいいわけだ。女性は色々と大変だな」

地肌に社長の指が当たるたび、ドキッとして息が詰まってしまう。

早く終わってくれないと、心臓が持たない……っ！

「終わったぞ。乾かし足りないところはないか？」

「ないです。ありがとうございました」

たとえ乾かし足りないところがあったとしても、心臓のために『完璧です！』と嘘をつくだろう。

「じゃあ、私はこれで……」

ニッコリ笑って腰を上げると、肩を押されてふたたび腰を落とすことになる。

「逃げ出そうと必死だな？」

「に、逃げ出すなんてそんな……」

ひぃいい！　バレてる！

「で、先ほどの答えは？」

「へ？　先ほどって……」

咄嗟《とっさ》に俯《うつむ》いていた顔を上げると、鏡越しに意地悪な顔をした社長とバッチリ目が合って心臓が跳ね上がる。

「俺の部屋のシャワーじゃなくて、わざわざ漫画喫茶のシャワーを使おうと思った理由だ」

それ、まだ引っ張るの!?

「それは、その、迷惑をかけるのは、気が引けて……」

そう、それもある。嘘じゃない。……まあ、それ以外の理由もあるけど。

また俯《うつむ》くと首を覆《おお》っていた髪を払われ、首筋にちゅっとキスを落とされた。

「あっ……」

「俺に取って食われると思っていたか？」

うなじに、ちゅ、ちゅ、と唇を押しあてられるたび、鼓動が速くなっていく。

「違っ……違います！　私はただ、シャワーを貸してほしいなんて、誘ってるように聞こえちゃうんじゃないかなって思っただけですっ！」

　パニックになって思わず本音を言ってしまうと、社長がクククッと笑う。

「確かに言われてみると、誘っているような台詞《せりふ》ではあるな」

「……っ……で、ですよね？　あの、私、もう失礼しますっ！」

　もうこれ以上社長と一緒にいるのは、一秒たりとも心臓が持たない。

　逃げ出そうと立ち上がると、腕を引っ張られて抱き寄せられた。お風呂上がりの社長の香りが、ふわりと鼻をくすぐる。

「……だが、それになんの問題があるんだ？」

「なっ……も、問題大アリで……」

「俺はキミが好きで、キミも俺が好きだろう？」

「……っ……そ、れは……」

　確かにこの間、アプローチし続けると宣言された時、嫌だと言わなかったから私の気持ちはバレちゃってるのかもしれないけど、『はい、そうです』とは言えない。

「両想いなんだから、間違いがあっても構わないだろう」

「そ、それを言っちゃうと、妻子ある男性と独身女性でも、両想いならＯＫってことになっちゃいますよ!?　不倫推奨《すいしょう》ってことになっちゃいますよ!?」

　これでどうだっ！　論破《ろんぱ》できちゃったんじゃない!?

「訂正しよう。お互いがフリーで、なおかつ独身という立場にある時に限り、だ」

「訂正っ!? そ、そんなのズル……んんっ……」

顎《あご》を持ち上げられ、唇を重ねられた。

キスなんかされたら、なにも考えられなくなっちゃう……っ！

なんとか舌を入れられないように歯を食いしばるけれど、ちゅっと唇を吸われるたびに力が抜けてしまう。すかさずお酒の味がする舌が潜《もぐ》り込んでくる。

どうにか理性を保てるように、手の平に爪を立てた。でも無駄な努力だった。長くて熱い舌に口《こう》内《ない》を巧《たく》みになぞられると、あっという間に陥落《かんらく》してしまう。

もう、なんでこんなにキス上手いのー……っ!?

社長の手が背中をなぞって、ブラのホックをプツンと外す。

嘘！ いつの間に……！

「……っ……ま、待って下さ……っ……し、仕事に私情は挟《はさ》まないって……言ったじゃないですかっ……」

「ああ、言った。だが喜ばないとは言っていない。好きな女と遠出する機会があるのに、嬉しくない男がいると思うか？」

カットソーの中に潜《もぐ》り込んできた社長の手が、ホックが外れて緩んだブラの中にまで侵入してくる。

「それにもう今は仕事を終えたプライベートな時間だ」

「あ……っ」

胸にゴツゴツした指が食い込むと、さらなる刺激を求めて流されたくなってしまう。

「可愛い声だな。もっと聞きたい」

社長は耳を食《は》みながら、硬くなり始めた胸の先端を指の腹でくりくり押してくる。

「や……んっ……んんっ……」

手で口を押さえても、隙間から喘《あえ》ぎ声が漏《も》れてしまう。社長は私の耳から唇を離すと、口を押えている手にチュッとキスしてきた。

「莉々花、好きだ。我慢しないで、もっと声を聞かせてくれ」

そのままベッドに押し倒されて、組み敷かれた。

好き――……

でも社長が好きなのは、きっと本当の私じゃない。

身体は熱いのに、心だけ切り離して冷凍庫に放り込まれたようにスウッと冷えていった。

今はこんなに情熱的で優しい瞳で私を見てるけど、幻滅《げんめつ》したら冷たい目になるんだろうな。仮面を被《かぶ》らずに過ごしていた中学校時代まで私の周りにいた人たちみたいに、冷たい目で私を見るんだ。

想像したら胸が苦しくなって、涙が出てきた。

「莉々花？」

「あ……」

一度こぼれてしまうと歯止めが利かなくて、次から次へ涙が溢《あふ》れる。

「強引すぎたか？　すまない。怖がらせてしまったな」

社長は私の背中を支えて起こし、優しく髪を撫《な》でてくれた。

「違……そうじゃなくて……」

「ん？」

触れられてはいけないとわかっていても、好きな人から触れられるのは嬉しい。

両想いなのに付き合えないなんて言われても、意味がわからなくて当然だ。いつまでも今の状態のままでいいわけがない。

社長に本当のことを話して、嫌われよう。

「社長は私のどこが好きなんですか？　顔？　それとも性格……？」

「顔も性格もすべて好きだ」

だけど……

「私、違うんです……会社にいる時の私は、本当の私じゃないです……本当の私を知ったら、げ、幻滅《げんめつ》します……っ」

「どういうことだ？」

社長は切れ長の目を丸くする。驚いて当然だ。私もまさか今、こんな話をすることになるとは思わなかった。

「私、昔から顔のことで嫌な目にばかりあっていて。誘拐《ゆうかい》されそうになったり、痴漢《ちかん》されたり、不審者に追いかけ回されたり、ストーカーにあったり……それも嫌なんですけど、でも特に辛かったのが、同性から目の敵《かたき》にされることだったんです」

私はしゃくり上げて突っかかりながらも、仮面を被《かぶ》ることになった経緯を社長に説明した。ヒソヒソ聞こえる悪口、冷たい視線……身に覚えのない噂が、自分の知らないところで広がっていく恐怖——世界中の人たちに嫌われているような錯覚《さっかく》にまで陥《おちい》って、学校に行かなければいけない朝が来るのが怖くて堪《たま》らなかった。

「本当の私は、いつもみたいに明るくないです。ウジウジした陰気な性格です。それに人当たりがいいように見せてますけど、仲よくしててもすぐに手の平返すんでしょ？　って感じで、内心全然他人なんて信用してないですし。嘘で塗り固めた仮面を被《かぶ》ってるんです。だから社長が好《す》いてくれてる私は、本当の私じゃありません。でも付き合ってしまったら、私の本性《ほんしょう》がきっと見えちゃいます。そしたら幻滅《げんめつ》されるってわかってるのに、付き合うことなんてできないです。……こう言うと社長のためを思って言ってるいい奴みたいに聞こえるかもしれませんけれど、そうじゃないです。自分の心を守るためにです」

口に出してみると、想像以上に嫌な女だ。

「すごいな……なるほど、仮面を被《かぶ》ることがキミの処世術《しょせいじゅつ》だったのか」

社長は、幻滅《げんめつ》した……といったニュアンスではなく、感心するように呟《つぶや》く。

「想像以上に苦労して生きてきたんだな。仕事に対する取り組みを見て努力家だとは思っていたが、私生活でもこれだけ努力をしていたとは驚いた」

……努力家!?

「あ、あの、幻滅《げんめつ》しましたよね？」

「いや、ますます好きになった。そもそも俺が好きなったキッカケは、キミの仕事に対する姿勢に感心したからだから、今聞いた仮面の部分は関係ない」

へ？　仕事に対する、姿勢……？

「具体的に言うと、デザインに対して熱い情熱を持っていて、常に向上しようという姿勢が伝わってくる。朝早くから夜遅くまで働いて、大の男でも根を上げそうなスケジュールでもいつもキミは瞳を輝かせてパソコンに向かっている。疲れは見えても、嫌な顔をしているのなんて一度も見たことがない。出来上がってくるデザインには少しも妥協《だきょう》がない上、経験を重ねるにつれ素晴らしいものになっていく。そんなことが気になって大変な努力家だと思っているうちに、いつの間にかキミのことが気になって、気が付いた時には好きになっていた。ちなみに顔の造形については芸能人のようだと思っていたが、俺の一番好きな顔は仕事をしている時のキミの表情だ。仕事に対する姿勢も偽《いつわ》りなのか？」

嘘……

デザインは、『すごいのは顔だけ』と言われた私の唯一の特技で、嘘で塗り固めた私の唯一の本当の部分――

社長が好きになってくれたのは、容姿でもさばさばオヤジキャラの仮面でもなく、本当の私……？

大粒の涙がボロボロとこぼれ、ベッドカバーに染みを作っていく。

「仮面じゃないです。デザインは……デザインだけは……『すごいのは顔だけ』って言われ続けてきた私の大切なもので……仮面なんて被《かぶ》ってないです。本当の私です……」

両手で顔を覆《おお》い、嗚咽《おえつ》して泣きじゃくる私を社長は優しく抱きしめてくれた。

あ……

抱きしめられた瞬間、小学校、中学校、と傷付いて幼かった頃の自分までも抱きしめられたみたいで、ポッカリ空《あ》いた心の隙間が埋《う》まっていくみたいだった。

「ウジウジしていてもいいんじゃないか？　俺的には慰《なぐさ》める楽しみができるが？」

「た、楽しみって……でも私、本当幻滅《げんめつ》されるような性格ですよ」

「それは俺が決めることであって、キミが決めることじゃない」

「いや、絶対幻滅《げんめつ》しますから！　付き合ってからバレて嫌われたくないので最初に言いますけど、社長と付き合いたくなかった要因の一つとして、大きな仕事を任された時に実力で勝ち取ったんじゃなくて、恋人特権だって思われたくないっていうのもありました。じゃあデザインを捨てる？とも考えましたけど、デザインは私のすべてですし、付き合ってもどうせすぐに幻滅《げんめつ》されて別れるんだからデザインを取る方がいいでしょって天秤《てんびん》にもかけましたよ。私、計算高くて自分勝手な女なんです。人のことよりも自分のことばかり考えてます」

うわ、本当に嫌な女……！

改めて言葉にしてみると、自分でも引いてしまうぐらいだ。

社長は今どんな顔をしているだろう。恐る恐る顔を覆《おお》っていた両手をどけると、社長は先ほどと同じ表情……まったく動じていない様子だった。

え、なにその顔……

「人間なんだから、それくらい計算して当たり前だろう」

「そう、なんですか？」

「ああ、普通は計算していることを悟られないようにするだろう。まあ、わざと悟らせる場合もあるが」

なに!?　その高等テクニック……！

「それに幼児だって簡単な計算ぐらいするぞ」

「よ、幼児はさすがにないんじゃ……」

「そうか？　どうすれば親の機嫌を取れるか、褒《ほ》められるか、考えるだろう？」

まあ、確かに……それも計算って言えば、計算なの……かな？

「子供ならその程度で済むが、大人になればなるほど純粋な考えでいられなくなる。みんな大なり小なり計算するし、俺もキミに負けないくらい自分勝手だし、計算高いと思うぞ」

「へ……社長も？」

「ああ、キミの都合なんて考えずにスマホを渡した上に、返されそうになった時はキミが絶対に受け取る方法を計算して、みんなの前で忘れ物扱いした」

あああああっ！　そういえばそんなこともあった！　あの時は胆《きも》が冷えた。

「キミから合コンに行ったと聞かされた日に身体に触れた時も、抵抗されないように初めて抱いた時に見つけたキミの弱点を攻める弄《いじ》り方をしたし」

「なっ……」

そ、そんな言い方したら、私が気持ちいいから動けなかったみたいじゃないっ！　……ってその通りなんだけど、うう、本当のことだからこそ言わないでっ！

「キミを抱いた時もそうだ。両想いだと思って抱いたのは確かだが、キミのことを思うなら酔いが覚《さ》めてから抱くべきだった。『嬉しい』と言ってくれたことも、酔ってふざけて言っているだけかもしれないからな。だが今を逃したらもうキミを手に入れるチャンスなんてないと思って、あの時抱くことを選んだ。どうだ？　なかなか計算高くて、自分勝手だろう？」

社長は指の腹を使って私の涙を拭《ぬぐ》って、少しだけ幼い……悪戯《いたずら》っ子みたいな顔をして笑った。つられて笑ってしまうと、鼻と鼻をくっ付けられてスリッとくすぐられる。

わずかにでも動いたら、唇がくっ付いてしまいそうな距離――心臓がうるさいぐらいに高鳴って、社長に聞こえてしまわないか心配になる。

「計算高くて自分勝手な者同士、お似合いじゃないか？　俺は相性ピッタリだと思うが？」

「あ……」

涙で濡れた唇に社長の吐息がかかると、キスを期待するように自然と上と下の瞼《まぶた》がくっついてしまう。

嬉しい。社長が好きになってくれたのは、本当の私だったんだ。

両想いって不思議……好きな人が好きになってくれたってことだけで、なんでもできそう。いつもウジウジ陰気なこと考えてるくせに、『社長と付き合ってるから仕事をもらえた！　なんて言われないような、いいデザインを作ってやろうじゃないの！』とか、すっごい自信過剰で前向きな考えが浮かぶ。

「もう観念して、俺の彼女になれ」

そう言って、ちゅっとキスされた。

「……っ……ン……」

くっ付いた瞬間、胸がキュンと切なく締め付けられる。

その時、仮面が音を立てて、割れるのがわかった。

ああ、もう我慢せずに『彼女になりたいです』って、本当のことを言ってしまおう。もしかしたらこの先、社長と付き合っていることで仕事で嫌な思いをするかもしれない。でも、それも乗り越えたい。ううん、乗り越えてみせる！

本当の意味で両想いになってからするキスは、今までの中で一番気持ちがいい――社長の前では、素《す》の自分でいていいんだ……

「んぅ……ん……んん……」

ちゅ、ちゅ、と唇を吸われ、私も真似《まね》をして吸ってみる。

社長の唇、柔らかい……

今までは戸惑ってたし、付き合う気がないんだからこんなことしちゃいけないと思ってたけど、もうそんな縛りはない。

って私、自分の本性《ほんしょう》は告白したけど、付き合うことに関してまだＯＫだって意思を伝えてない。えーっとえーっと、こういう時はなんて言ったらいいんだろう。『私も好き』……って、ありきたり？　『これからよろしくお願いします』……って堅苦しい？

グルグル考えていたら社長の舌が潜《もぐ》り込んできて、なにも考えられなくなってしまう。

「ん……んんっ……」

社長の舌に合わせて自分の舌を動かして応《こた》えると、ただ黙って受け入れていた時以上の快感だ。社長も気持ちいいって、思ってるの……かな？　って、ダメダメ、それより告白の答えを考えないと……

でも考えようとしても頭がぼんやりして、思考が上手くまとまらない。そんな風にもがいている間も、社長のキスは止まらない。舌先をチュポッと吸われると、肌がぞくぞく粟立《あわだ》つ。

「ン……」

返事……返事を……

「莉々花、腕を上げろ」

「腕……？」

「ん、バンザイ」

ぼんやりしながら言われた通りにすると、カットソーを脱がされた。

「……ひゃっ!?」

我に返って両手を交差させて胸を隠すと、柔らかな唇で耳を食《は》まれる。

「見せてくれないのか？」

「で、電気……消し……っ……ン……み、耳……っ……だめっ」

「消したら見えなくなってしまうだろう」

見えなくしたいの――……っ！

くすぐったくて思わず片手を外して耳を押さえると、社長がジィッと私の胸を見つめてるのに気付く。

「な、なんですか？」

「この前はシンプルな下着だったが、今日のは随分《ずいぶん》可愛いな？」

社長との出張だし、エッチするかもだから気合い入れて可愛い下着にしちゃおーっと！　とか考えてたと思われる!?

「……っ……こ、これは違……っ……あっ……」

そのまま押し倒されて、はずみで手が落っこちるのと同時に、ホックが外れたブラから胸がプルンとこぼれた。

こんな明るいところでー……っ！

隠そうとする私の手よりも、社長が伸ばした手の方が胸に触れる方が早い。無骨《ぶこつ》な指が二つの膨《ふく》らみに食い込んで、ムニュムニュと卑猥《ひわい》に形を変える。

「なにが違うんだ？」

「……っ……ン……いつもはシンプルはファッションを心がけてますけど、私……本当はこういうのが好きで……でも、普段可愛い服なんて着たら、同性から反感買う可能性があるから……」

「ああ、我慢してたのか」

尖《とが》り始めた胸の先端をヌルヌル舐《な》められると、途中で言葉が喘《あえ》ぎに変わってしまう。

「ふぁ……っ……だ、だから、家でだけ楽しもうと思って……家用の下着とルームウェアは……か、可愛いので揃《そろ》えてるんです……今日も、誰にも見られないと思って……」

「俺と一緒だから意識して……だったら嬉しかったんだが、可愛さに免じて許してやろう」

痛いくらいに尖《とが》りきった胸の先端をチュッと吸いながら舐《な》め転がされると、もうなにも考えられない。

ちゃんと付き合いたいって、言いたいのに……

「あっ……ン……っ……や……ぅっ……」

もう、だめ……こんなんじゃ言えない~……っ！

火照《ほて》った肌を社長の濡れた毛先がくすぐって、それがまた刺激となってぞくぞくする。

人にはちゃんと乾かさないと風邪を引くって言ったくせに、自分はちゃんと乾かしていなかったらしい。

「ああ、先に脱がせておかないと、せっかくの可愛い下着が濡れてしまうな。腰、上げられるか？」

私はどんどん裸にさせられていくのに、社長はしっかり着込んでるものだから余計恥ずかしい。

「や……っ……ま、待って……待って下さい。私ばっかり脱ぐのは、は、反則じゃないですかっ!?

社長も脱いで下さいよっ……！」

社長は意地悪な顔で笑うと、私の膝《ひざ》にちゅっとキスを落とす。

「そんなに俺の裸が見たいのか？」

「へ⁉　あ、な、なに言って……っ！」

慌てる私を尻目に、社長はどんどん脱いでいく。

「これでいいか？」

「う……は、はい……」

社長は全裸になったっていうのに、まったく平気そう。

あ、あ、あれ⁉　むしろ私の方が照れくさいんですけど……！

お、おかしい。同じ状態になったはずなのに、今の方がずっと恥ずかしいってどういうことなの！

目のやり場に困ってしまって両手で目を覆《おお》うと、ショーツを脱がされた。

「キミが脱いで欲しいと言うから脱いだのに、見ないのか？」

「い、意地悪なこと言わないで下さいよ……っ……ぁ」

大きく足を広げられ、ピッタリくっ付いていた恥ずかしい場所を空気がなぞる。

目を覆《おお》っていてもわかる。社長は今、私の恥ずかしい場所を見ているに違いない。

「もう少しで下着にまでこぼれていたところだったな」

指先で割れ目をなぞられると、クチュッといやらしい音が聞こえてきた。

「ン……っ……そ、そんなところ……あんまり見ないで下さい……」

「そう言われると、なおのこと見たくなるな」

あ、天邪鬼《あまのじゃく》っ⁉

「じゃ、じゃあ、見て下さい」

「そうか？　じゃあ遠慮《えんりょ》なくじっくり見させてもらおうか」

「え……⁉　ちょっ……話が違うじゃないですかっ……ひゃっ……」

割れ目を指でめいっぱい広げられる感覚があって、ただでさえ燃え上がっていた羞恥心《しゅうちしん》が加速して大炎上する。

「ああ、可愛いな」

「や……っ……ちょ、ちょっ……見ないで下さ……っ……あっ……」

ぷくりと膨《ふく》らんだ敏感な粒に、彼の指の腹が触れた。

「あっ……んんっ……はぁ……んんっ……」

ほんの少し触れられただけなのに大きな声が出て、腰が浮くほど反応してしまった。

指が動くたびに腰が震えて、自分の声とは思えないほどいやらしい声と熱い愛液が次から次へと溢《あふ》れる。

友達とAVを見た時は、経験済みの友達が『こんな声出して大げさじゃない？』なんて言ってたから、へぇ～そんなものかぁ、なんて思ってたものだけど、私……絶対同じくらい声出ちゃってる……！

敏感な粒をプリプリ転がされているうちに、足元から徐々に快感がせり上がってくるのを感じる。

「んぅ……っ」

もうすぐ、イッちゃいそう……

「イキそうか？」

「……っ……や……ち、違……」

本当はイキそうだけど、それを認めたらこの前みたいに焦《じ》らされるんじゃないかと思ってつい嘘をついてしまう。

『キミはイキそうになると、ここがヒクヒク動くからすぐわかる』

ふと、この前言われたことを思い出す。

意識すると確かにそこがヒクヒク動いていることに気付く。自分でもわかるくらいなのだから、直接触れている社長に伝わっていないはずがない。虚勢《きょせい》を張ったって、お見通し……

もう早くイキたくて、切なくて涙が出てくる。

「大丈夫だ。この前みたいに意地の悪いことはしない」

「……ほ、本当……ですか？」

「ああ、この前焦《じ》らした分、今日はたっぷり気持ちよくしてやるから安心しろ」

そう言った社長の指が離れた。

あ、れ……？

恐る恐る両目を覆《おお》っていた手をどけると、社長が私の足と足の間に顔を埋《う》めるところだった。

ま、まさか、夢と同じことを!?　って夢じゃなかったんだ！　この前も現実だった！

「あっ……社長、だめっ……そ、そんなところ……ひぁっ……」

社長は膣口から垂《た》れた愛液を舌にからませ、敏感な粒をヌルヌルと舐《な》め転がし始める。

「ふぁ……っ……あっ……んんっ……あっ……あぁんっ……！」

指も気持ちよかったけど、舌はヌルヌルで熱くて、また別の快感があって……ああ、どうして恥ずかしいのにこんな気持ちがいいの？

「気持ちいいか？」

「……っ……」

言葉には出せなかったから、頷《うなず》いて意思表示してみる。

とろけそうな快感に翻弄《ほんろう》されていると、指が膣口をなぞる。

中に入れられる……！

最初に覚えた痛みを思い出して、とろけた身体が一瞬強張《こわば》るけれど……

あ、れ……？

指を受け入れた中は、痛みをまったく感じていなかった。

「痛くないか？」

私が頷《うなず》いたのを見届けると、社長は敏感な粒をチュパチュパと音を立てて舐《な》めながら、ゆっくりと指を動かしていく。

「ひぅっ……あっ……あぁっ……んっ……ぁ……っ……」

指を動かされるたびに、愛液が中で掻き混ぜられてグチュグチュといやらしい音が聞こえてくる。

社長がしゃぶる音と相まって、卑猥《ひわい》度が二倍……！

「ん……っ……んっ……お、音……立てちゃ嫌……ですっ……」

喘《あえ》ぎ声は呆《あき》れてしまう程大きいのに、話し声は蚊の羽音のように小さくしか出せない。

音を立てちゃ嫌だって言ってるのに、意地悪な社長はクスクス笑いながらわざと音を立てるように弄《いじ》ってくる。

い、意地悪——……っ！

そう思うけど、舐《な》められるのは気持ちよくて……

でも中を弄《いじ》られるのは変な感じがしてまだ慣れなくて……

その動きを繰り返されているうちに、受け入れている中がジンジン熱くなってきた。

おかしくなっちゃいそう……

「しゃ、しゃちょ……っ」

「『社長』じゃなくて、名前で呼んでくれ。……まだ呼ぶのは嫌か？」

夢の中だと思っていた時は素直に呼んだけれど、現実だと恋人じゃないんだから呼べない！ と頑《かたく》なに呼ばなかった社長の名前……でも、今は——

「嫌……じゃないです。あ、晃……さん」

ただ名前を呼ぶだけなのに、恥ずかしくて頬が沸騰《ふっとう》しそうになる。

「やっと呼んでくれたな」

社長は口元を綻《ほころ》ばせ、敏感な粒をチュウッと吸い上げた。

「ん……あっ……！」

足元を彷徨《さまよ》っていた快感が一気に駆け上がり、頭の天辺《てっぺん》まで突き抜けた。中がギュウッと収縮して、社長の指ごと締め付ける。

「イケたか？」

社長は指を入れたまま身体を起こすと、私の耳元で甘くささやく。

「……っ……」

気持ちよすぎて、声が出ない……呼吸すらも、上手にできない。でも気持ちいいことは伝えたくて、私はぼんやりして重たい頭を必死に動かして頷《うなず》いた。

指を引き抜かれると、それと一緒にドッと溢《あふ》れた愛液がお尻の穴まで垂《た》れていくのがわかる。

全身が心地いい気怠《けだる》さに包まれていて、ため息混じりの吐息がこぼれた。

全身がとろけて、固まる前のプリンにでもなっちゃったみたい……

指一本動かすのも怠《だる》くて……ああ、瞼《まぶた》を開いていることすら辛い……と思っていたら、いつの間にか閉じてしまっていたらしい。視界が真っ暗になった。

ああ、ダメ……このままだと眠りかねない。早く目を開けなくちゃ……

でもさっきまで掻き混ぜられていた中がまだ切ないのは、どうして？

焦《じ》らさずにちゃんとイカせてもらったのに……

沈んでいたベッドが少しだけ浮き上がって、しばらくしてからまた沈んだ。

あ、れ……？　社長……じゃなかった晃さん、今ベッドから起き上がって、どこかへ行ってきた？

そんなことを考えていたら、近くでペリッとなにかを開封する音が聞こえた。

聞き覚えのある音……

そこでようやく目を開けることができた。音が聞こえてきた方に視線を向けると、晃さんがちょうどコンドームを付けているところだった。

「あっ……」

慌てて目を背《そむ》けると、晃さんがクスッと笑う。

「この前はまじまじ見てたのに、今日は見ないのか？」

「あれは夢だと思って……だから、その……」

「どうして夢なら見るのに、現実では見ないんだ？」

「そ、それは……」

「それは？」

もごもごしていると、意地悪な顔をした晃さんがまた覆《おお》い被《かぶ》さってくる。

「……っ……恥ずかしいからに決まってるじゃないですかっ！　もー……」

力の入らない手で社長の胸板を叩くと、ペチンと音がした。

「いい音がしたな」

「あ、す、すみません。つい……痛かったですか？」

「痛くな……あ、いや、痛かった。慰《なぐさ》めてくれ」

「今、痛くないって言いかけたじゃないですかっ！」

「ああ、聞こえていたか。いや、後から痛くなってきた。慰《なぐさ》めてくれ」

叩いたとはいえあんまり力を入れなかったし、痛いわけがないんだけど……甘えてくる晃さんが可愛くて、ときめいてしまう。

年上の男の人にこういうことしていいのかはわかんないけれど、頭を撫《な》でてみた。

あ、サラサラで気持ちいい。なんか可愛い感触……

思わずにやけてしまうと、チュッと唇を奪われた。

「えと、い、痛みはなくなりましたか？」

痛くなんてないってわかってるけど、気恥ずかしくて聞いてみる。

「まだって言ったら、もっとしてくれるのか？」

甘えたような声で尋ねられると、ときめきすぎて胸が苦しくなる。

し、し、心臓が……っ！　心臓が持たないっ！

「して欲しいなら、痛くなくてもしますし……」

おずおずと手を伸ばして、社長のサラサラの髪をまた撫でてみる。もう、なにこの雰囲気！　この前呑んだカクテルよりも甘い……っ！

顔は辛《かろ》うじて真正面を向けているけれど、照れくさくて目が合わせられない。

晃さん、今どんな顔してるのかな……

見たいけど、恥ずかしくて躊躇《ためら》っているとまた唇を奪われて、そのまま深いキスをお見舞いされた。

「んんっ……」

拙《つたな》い動きで晃さんのキスに応《こた》えると、経験値の低い私は舌以外の動きができなくなってしまう。

「んっ……んんっ……んぅ……」

これじゃ、撫でられない～……！

力が入らなくなった手がシーツにポトリと落っこちると、晃さんは私の濡れた割れ目に欲望を挟《はさ》み込んできた。

指は大丈夫だったけど、これはさすがに痛い……よね？

初体験の痛みを思い出すと、身体が自然と強張《こわば》る。

だ、大丈夫！　一度は耐えられた痛みだもん。耐えられないはずがないっ！

シーツに落っこちた手で拳《こぶし》を握り、挿入の衝撃に備えるけれど……なかなか入ってこない。

あ、あれ？

「あまり緊張するな。今日はこの間ほど痛みはないはずだ」

「は、はい……」

「……力が入ってるな」

晃さんの大きな手が、硬く握りしめた私の手をそっと包み込む。

「……す、すみませ……」

手を開くと、晃さんが指を絡めてきた。

緊張しちゃだめ、緊張しちゃだめ……！

そう自分に言い聞かせても、どうしても割れ目に挟《はさ》み込まれた欲望に意識が集中してしまって、注射を打たれる前のように身構えてしまう。

「……まあ、言葉で緊張するなと言っても無理だな」

絡めた指にギュッと力が入っているからか、そのことは晃さんにも伝わっているらしい。

「大丈夫だ。俺が解《ほぐ》してやる」

耳の形をなぞるように舐《な》められ、一瞬恥ずかしい場所から意識が逸《そ》れた。

「……っ！」

気を抜いたらその瞬間に入れられるんじゃないかとドキッとする。けれど痛みの代わりにやってきたのは快感だった。

太い欲望で割れ目の間を擦《こす》られると、先の膨《ふく》らんだところが引っかかって、達したばかりの敏感な粒が刺激される。

「あっ……あぁっ……あ、晃さん……い、今、そこ擦《こす》っちゃ……やっ……んんっ……あっ……あぁっ……」

あまりに敏感になりすぎていたせいか腰がガクガク震えるほどの刺激が襲ってきて、またすぐに達してしまった。

「……緊張は解《ほぐ》れたか？」

き、緊張どころか、いろんなところが解《ほぐ》れた。

「ぁ……」

とろけすぎてもう、指一本すら動かせない。

自分の身体なのに、自分のじゃないみたい……

膣口に太い欲望を宛《あて》がわれても、もうさっきみたいに強張《こわば》ることはなかった。

「ゆっくり入れるから大丈夫だ。深呼吸して」

言われた通りに深呼吸を繰り返していると、晃さんのがだんだん中に入ってくる。

「……ん……ぁ……」

「痛いか？」

「……っ……だ、大丈夫……です……」

指なんて比べ物にならないくらいの質量——

身体の中になにかを受け入れる刺激は、一度体験してもそんな簡単に慣れられるものじゃなくて……でも初めての時のように下半身が裂《さ》けちゃうんじゃないかっていうような痛みはなかった。

初体験はあんなに痛かったのに……人間の身体って本当に不思議。

晃さんは宣言通りいきなりは突き進めず、時折苦しそうにしながらも、私の反応を見ながらじわじわと腰を進めていく。

おかげで今度は痛みを感じることなく、晃さんの全部を受け入れることができた。

「……っ……はぁ……莉々花……大丈夫、か？」

「ん……ぅっ……だ、大丈……ぅ……ぶ」

大丈夫と言いたいのに、お腹の中が晃さんのモノでパンパンになっていて、苦しくてほんの小さな声しか出せなかった。

そういえば、初めての時もこうして気遣ってくれた。

男の人は出た時がイッた時なわけで……つまり今の状態は、私が散々焦《じ》らされてイカせてもらえなかった状態と同じわけだよね。

辛いはずなのに、私のことばかり気遣って……

晃さんは意地悪だけど、やっぱり優しい。

長年の経験でくすんでいた心が、晃さんへの想いでいっぱいになって、ピカピカに輝いていくのがわかる。

ああ、どうしてこの人を諦《あきら》めようなんて思ってたんだろう。

こんなに好きなのに、諦《あきら》められるわけがない。

好き……晃さんが、大好き……

広い背中に手を回して、縋《すが》り付くようにして抱きついた。

「まだ慣れないか。すまないな……できれば気持ちよくしてやりたいんだが、これぱかりは経験を重ねないと難しいかもしれないな」

痛くて抱きついたわけじゃなかったけれど、晃さんはそう解釈したらしい。あやすように、優しく髪を撫《な》でてくれる。

さっき十分気持ちよかったし、今だって少し苦しいけれど辛くはない。むしろ好きな人と両想いになって繋がることができて、こんな幸せでいいのかってぐらい幸せで、今度こそ本当に夢なんじゃないかって思うほどだ。

「あんまり動かないようにして、早く終わらせる……少し、我慢してくれ……」

どうしたらこの気持ちのすべてを余すことなく晃さんに伝えられるだろう。言葉にするのって、こんなに難しかったっけ？

「あ、の……」

「ん？」

く、苦しい……

言葉で表現するのも難しいけど、今は苦しくて声を発することすら難しい。

「痛く……ないから、早くなくて大丈夫……です。晃さんの動きたいように……動いて……下さ……」

苦しくて途切れ途切れだったけれど、なんとか伝えられた……と思う。

……伝わったよね？

聞こえなかったかもしれないし、一応もう一回言った方がいいかな？　なんて思っていたら、晃さんが大きなため息を吐いた。

なんでため息⁉

抱きついているからどんな表情をしているかは見えないけれど、呆《あき》れられた……？　それとも妙に積極的でいやらしい女だと思われた⁉

し、失敗した。言わなきゃよかった……

取《と》り繕《つくろ》う言葉を探していると、晃さんが私の耳元に唇を近付けてくる。

「そんな可愛いことを言われたら、我慢できなくなる」

「へ……？」

「後悔しても知らないぞ」

低い声が耳を通って鼓膜を震わせ、全身の細胞をも震わせた。

「あっ……」

晃さんはゆっくりと抽挿《ちゅうそう》を始め、徐々に動きを速めていく。

「ぁっ……あっ……あぁっ……んぅ……っ」

入れられた時に痛みはなかったけれど、動かされるとほんのわずかに痛みを感じた。でも我慢できないほどじゃない。初めての時はもっと痛かったし、普通に耐えられる痛みだ。

擦《こす》られた中が、熱い……指で擦《こす》られた時以上に――

揺さぶられるほどに、痛みがジンジンとした疼《うず》きに変わっていく。一番奥に晃さんのが当たるたび、目の前で火花が弾けるみたい。

動きが激しくなっていくのに比例して、愛液が掻き混ぜられるいやらしい音まで大きくなるのが恥ずかしくて……でも、興奮するなんて言ったら、いやらしい女だって幻滅《げんめつ》されるかな。

「痛い……か？」

少しでも痛いって言ったら、優しい晃さんのことだ、理性を総動員してやめてしまうに違いない。

首を左右に振る。

「無理してないか？」

痛みはもうほとんどないし、もっと晃さんに気持ちよくなって欲しい。

仕事では表情をほとんど変えない晃さんが切なげに眉をひそめて、息を乱す姿をもっと見たい。

もっと、もっと……

「し、してな……いです……だ、だから……」

「……ああ、わかった。辛いと思ったら、すぐに教えてくれ……」

晃さんの余裕のない声が愛おしくて、辛いと思っても絶対に言わないと思いながらも頷《うなず》いた。

「……っ……キミの中は……吸い付いてきて……内側から握られてるみたいだ……」

「吸い……？　そ、れって……どういうこと……ですか？」

「気持ちいいってことだ」

そっか、晃さん……私の中で気持ちよくなってくれてるんだ。そっか……

痴漢《ちかん》や変質者にあうたび、女じゃなくて男として生まれてきたかった！　と何度も思った。だけど、好きな人と一つになれて、好きな人を気持ちよくできて、今初めて女に生まれてよかったと思えた。

晃さんは深いキスをしながら、私の一番深い場所を突き続ける。

「んっ……んっんっ……んんっ……」

息が苦しい……

でも、心地いい……

唇の端から唾液をこぼしながらも、私は夢中になって晃さんのキスに応《こた》えた。

「んぅっ……んっ……んっ……んんっ」

やがて下腹部から、なにかせり上がってくるような感覚がやってきているのに気付いた。

これは、なに……？

いつもは足先からくる快感が、なぜか下腹部からきている。

「……そろそろ、イキそう……だ。すまない……もう少し、激しく……する」

激しく揺さぶられると、せり上がってきた快感が一気に頭の天辺《てっぺん》まで貫いていった。

「あ、あ、あぁ――……っ！」

身体がガクガク震えて、毛穴という毛穴からドッと汗が噴き出す。

晃さんのモノをギュウギュウに圧迫しながら、私は今日三度目の絶頂へと押し上げられた。中がビクビク震えて、晃さんのモノを小刻みに強く締め付ける。

「……っ……く……」

私がイッたのと同時に晃さんも苦しげな声を漏《も》らして、コンドームの中に欲望を弾けさせた。

いつもなら強い快感は一瞬で過ぎ去るのに、中がジンと痺《しび》れて、強く脈打ち続けて、まだ快感が去ってくれない。

引き抜かれた後も、中がジンジンしてまだ気持ちがいい。

身体の芯《しん》に火を付けられて、それがずっと燃え続けてるみたいだ。

なにこれ、気持ちよくて……おかしくなっちゃいそう。

「莉々花、大丈夫か？」

「……っ……」

はい、と返事したのに、口がわずかに動いただけで声は出なかった。

喘《あえ》ぐ時はあんな大きい声が出たのに、恥ずかしい。

私が頷《うなず》くのを見届けた晃さんは身体を起こしてコンドームを始末すると、隣に寝転んで私を抱き寄せてくる。

温かい……

照れくさいけど、私も晃さんの背中にそっと手を回して自分からもくっついてみる。

「激しくしてすまなかった。……後悔したか？」

フルフル首を左右に振ると、晃さんが優しく髪を撫《な》でてくれた。

「もう、中でイケるようになったのか？」

他のところは触られてなかったし、中を擦《こす》られてるうちにイッたから……そういうことになるのかな？

「……た、多分……」

ようやく声を出せたけど、カラオケで何時間も歌った時みたいにかすれていて恥ずかしい。

すると晃さんの手が伸びてきて、さっきまでしゃぶられてた敏感な粒を軽く撫でられた。

「……っ……ぁっ……！」

不意打ちの刺激で、弾かれたように身体が跳ねる。

「こっちでイクのは難しくないが、中でイクのは難しいらしい。中でイクのはものすごく気持ちがいいと聞くけれど、どうだった？」

顔を見て尋ねられ、頬《ほお》どころか顔全体がカーッと熱くなる。

すっごく気持ちよかったし、今も気持ちいいですっ！　外に触れられてイクのも気持ちいいけど、中は中で別の感覚で気持ちいいです！　てへっ！　……なんて言えるわけがない。

「そ、そんなの内緒に決まってるじゃないですか」

顔を見られたらなにもかも見透《みす》かされてしまいそうだから、背中を向けた。でも肘《ひじ》や引き締まった二の腕は、離れることなく私の身体に絡んだまま――

前からギュッて抱きしめられるのも気持ちよかったけど、背中から抱きしめられるのも気持ちがいい。

ドキドキするけど、なんだかホッとする。そういえばなにかのテレビで、人間は背中に壁があった方が本能的に落ち着くって聞いたことがある。

「内緒なのか」

「そうです。内緒です」

「それは残念だ」

今落ち着いてるのも、そういうこと？　……晃さんに言ったら、『俺を壁扱いするな』って怒られちゃいそうだけど。

「俺は気持ちよかった」

うしろから耳元でささやかれると、さっきからとんでもない音で高鳴っていた心臓がさらに大きな音を立てた。

「……っ！」

腰に絡んでいた晃さんの腕が動く。

あ、離しちゃうのかな……なんて思っていたら、両手で私の胸を揉《も》んで、うなじや背中に唇を押しあて始めた。

「ちょ、ちょっと、あの、晃……さん？」

「どうした？」

背後から聞こえてくる晃さんの声は、まったく悪びれていない。

「ど、どうしたじゃないですよ。その、手がですね？　なんだか不審な動きをしているような気がするんですけど……」

「不審な動きじゃない。いかがわしい動きだ」

「いや、知ってましたよっ！　いかがわしい動きしてるって知ってますけど、今したばっかりなのに……って……え!?」

お尻に硬いモノが当たってるんですけど……!?

「痛がっているなら一度で終わらせようと思っていたが、中で気持ちよくなれたなら話は別だ」

「わ、私、気持ちよかったなんて一言も……」

「気持ちよくなかったのか？」

両方の胸の先端をキュッと抓《つ》ままれ、私は咄嗟《とっさ》に本音をこぼしてしまった。

ああ、前言撤回——

私の背後を取ったのは、壁なんかじゃなくてお腹を空《す》かせたケダモノだ。

——こうして、一晩中喘《あえ》ぎ続けた私の声は、翌日になると重度の風邪を引いた時のようにガラガラに変貌《へんぼう》していたことは言うまでもない。

仮面四　訪れた危機

初めての出張は、ある意味忘れられない経験となった。


「杉村、状況を報告してくれ」

「はい、パルファムの修正は想像していたよりも簡単なものだったので、テレビオーサカ用に確保してる作業時間には影響ないです」

「わかった。影響するようならすぐに報告するように」

「はい」

東京での通常業務に戻っても、なんだか地に足が付いていないような感覚——

晃さんは相変わらず何事もなかったように振る舞うものだから、あの夜のことは夢なんじゃ……と思ってしまうけれど、私の手元には晃さんがくれたスマホがあって、そのスマホには今週の金曜日仕事を終えた後にデートをしようというお誘いメールが残っている。

晃さんは仮面の下の私を好きになってくれたし、私も周りになにか言われても戦おうという覚悟ができた。もうこの恋を諦《あきら》めなくていい。

私はそのメールに、当然ＯＫの返事を出した。

送受信ボックスにある、夢じゃない証拠——私は週末までの間に何度もそれを確認して、あの夜のことは現実だったのだと確認し続けている。

今までは週末まで仕事のこと以外考えもしなかったから、あっという間に感じていたけど、今週はなんだかすごく長く感じちゃうな……

「パルファムに続いてテレビオーサカなんて……一体どんな色仕掛けを使っているのかしらね。真面目に頑張ってるのが嫌になっちゃうわ」

廊下ですれ違いざまに目黒さんが嫌味を言ってきたけれど、浮かれているせいかいつもみたいに腹が立たない。

恋って不思議、人の心まで豊かにするものなの？

……なんてポエミーなことを考えている場合じゃなかった。

『もう観念して、俺の彼女になれ』

出張の夜、私は結局晃さんに答えを言えなかったのだ。

なんて言えばいいか気の利いた言葉が思い浮かばなくて、そのうち気持ちよくなっちゃってなにも考えられなくて、気が付いたら翌朝――完全に言うタイミングを失って、現在に至るわけで……

だから次の金曜日こそ返事をしたいと意気込んでるんだけど、なかなかいい言葉が思い浮かばない。

これだけ考えてるんだし、きっと金曜日までには……と思っていたのだけど、結局いい案が浮かばないまま当日になってしまった。

◆◇◆

ああ、デザインなら最初いい案が思い浮かばなくても、時間をかければなんとかなることもあるのに……っ！

「莉々花、次はなににする？」

「えっと、オレンジとブルーベリーのカクテルにします」

どこか行きたいところはあるか？　と聞かれたので、私は初めて晃さんが連れてきてくれたダイニングバーにもう一度行きたいとおねだりした。

もう二度と呑まない！　と宣言していたカクテルを頼んだ私を見て、晃さんは口元を綻《ほころ》ばせた。

私がまたカクテルを頼もうと思ったのは、晃さんの前でなら素《す》の自分が出てもいい。たとえ酔ってしまってどんな間違いがあったとしてもいい、という意思表示のつもりで……『他の人の前では頼みませんけど、晃さんの前では頼みます』と宣言すれば、告白の返事へ繋げられたのだろうけど、緊張していたせいでそんな気なんて回せなかった。

これじゃただカクテル呑みたくて我慢できなかっただけの女に見えるじゃない～……っ！

しかもかなり緊張しているせいか、全然酔いが回らない。というかカクテルのアルコールに慣れた？　私ってやっぱりお酒に強いのっ⁉

こんな時に限って……

酔いが回れば気が大きくなって、ドーンと告白の返事もできるかもしれないのに……つくづく間が悪い。

ふと時計を見ると、もうすぐ日付が変わるところだった。

うげ、タイムオーバー……

「今日は誘ってくれてありがとうございました。あの、そろそろ終電がなくなる時間なので、私これで……」

「帰れると思ったか？」

「え？」

もしかして時計止まってる？　終電の時間なんて、とっくに過ぎちゃってるってこと？

時計とスマホを照らし合わせてみるけど、同じ時間だ。

「そういう意味じゃなくて、俺が素直に帰してやると思うか？　という意味だ」

「あ……」

そ、そっか、そういう意味だったんだ。

よく考えたら……いや、よく考えなくてもそういう意味だろうに、気付かなかった鈍感な自分が恥ずかしい。

それに私だって、もしかしたら今日も晃さんとそういうことになるかも？　なんて思って、カバンの中にはクレンジングや基礎化粧品、着替えや下着も入れてきている。しかも下着はシンプルなやつじゃなくて、家用の可愛いやつ……今付けてるのもそうだ。

「今日は俺の家に泊まれ」

「う、え、えっと……はい……って家!?　ホテルじゃなくて……ですか？」

「嫌か？　ホテルの方がいいなら、ホテルでもいいが」

「い、いえ！　嫌なんてそんな……め、滅相《めっそう》もないです。でも、こんな夜遅くに上がって大丈夫ですか？　ご家族は……」

「ああ、そんなことを気にしていたのか。一人暮らしだから気遣いは無用だ。行くぞ」

晃さんの家に行くまでに、気の利いた返事を考えなきゃ……！

と思っていたら手を握られて、しかも指を絡められたものだから一瞬頭が真っ白になる。

恋人繋ぎ～……！　って浮かれるのは後にして、早く考えなくちゃ……早く、早く……あと何分ぐらいあるの!?

「あ、あの、晃さんの家まで、ここからどれくらいかかりますか？」

「会社近くだから、そんなにはかからないな」

あんまり時間はなさそうだけど、どうにかしなければ。

早く、早く考えなくちゃ……！

「まあ、今日はタクシーに乗るから、五分ぐらいだろうな」

「ご、五分っ⁉」

時間なさすぎ！　考えなきゃっ！　考えなきゃっ！


「やっぱり、そういうことだったのね」


……え？

その声を聞いた途端、心臓が大きく跳ね上がって、ドキドキして上がっていた体温が一瞬にして下がる。慌てて周りを確かめるけれど、誰もいない。

「莉々花、どうかしたか？」

「あ、い、いえ、なんでもないです」

今、目黒さんの声が聞こえた気がした。

念入りに周りを見渡すけれど、やっぱ彼女の姿はない。幻聴《げんちょう》だったのかもしれない。

目黒さんに見られたら一番厄介《やっかい》だろうなって思ってるからそんな声が聞こえたのかも……

ともあれ、幻聴《げんちょう》なんて構ってる暇はない。早く考えないと……っ！

……なんて、一週間かけて考えても出なかったものが、そんな短い時間でどうにかなるはずもなく……頭真っ白なまま晃さんの自宅に到着！

晃さんの自宅は、会社から本当に近い場所にあった。

というか会社最寄駅から一分ほどの場所にある三十四階建ての高層マンションで、私は毎日通勤時に『は～……大きいマンション。こんなところに住めるのはどんな人なんだろう』と思っていたから驚いた。

ホテルみたいにエントランスにコンシェルジュが待機している上に、なんと共用スペースにはジムやプールまであるそうだ。

エレベーターに乗り込むと、晃さんは十階のボタンを押した。途端に緊張してくる。

一線を越えた仲なのになにを言ってるんだって話かもしれないけど、男の人の部屋に行くのなんて……それも好きな人の家に行くなんて生まれて初めてのことなのだ。

繋いだままの手が汗ばんでしまって恥ずかしい。

私が緊張してること、晃さんはお見通しなんだろうな……

「じゅ、十階ですかっ！　えっと、夜景見えますか？」

「まあ、それなりにな」

「毎日夜景を見ながら暮らせるなんて素敵ですね。私の家は二階建ての一軒家なのでそう高くないですし、前に一人暮らししてた時も三階だったので、夜景とは無縁でした。だから憧《あこが》れます」

これから告白の返事をするというミッションが待っていると思うと……緊張して、無駄にお喋《しゃべ》りになってしまう。

ってそんなことより、告白の返事を考えなくちゃ！

気の利いた答え……気の利いた答え……ああ、でも考え始めたら、無口になってしまう。自分から話し始めたくせに、急に黙ったら不自然だ。

「俺としてはもう少し低い階に住みたかったんだが、十階か、もっと高い階しか空《あ》きがなかったから仕方なくな」

「え、どうして低い階に住みたいんですか？」

上層階の方が家賃も高いっていうし、人気があるものなんじゃないの？

「高い階だとエレベーターで上がったり下がったりと時間がかかるだろう。それが嫌なんだ。同乗者がいればなおのこと時間がかかるし、うっかり忘れ物なんてした時には最悪だ」

晃さんって、意外と気が短い？

「ふふ」

「どうして笑う？」

「すみません。意外と気が短いんだなぁって思って」

事務所の人は知らない、晃さんの意外な一面を知れて嬉しい。私が知らないこと、まだまだ色々あるんだろうな。もっともっと知りたい。

「……っ……ン……」

そんなことを考えていたら、不意打ちで唇を重ねられ、心臓が大きく跳ね上がる。

「そうだな。家に入るまで我慢できないほどせっかちだ」

「あ、晃さ……んぅ……っ」

エレベーターが動く音と混ざって、唇を重ね合う音が響く。十階に着いたことを知らせる電子音とともに、晃さんは少々名残《なごり》惜《お》しそうに唇を離した。

「キミと一緒の時限定でなら、もう少し高い階までのエレベーターでも余裕で乗っていられそうだ」

「……っ……ひ、人の唇で時間つぶしなんてしないで下さい……っ」

心臓に悪い……っ！

晃さんの家がもし最上階にあったら、舌まで入れられてたんだろうか……と思ったら、熱い顔がますます熱くなる。

十階の角部屋、そこが晃さんの家だった。ファミリー向けの物件のようで、４ＬＤＫもあるそうだ。一人暮らしでは使いきれず、ほとんどの部屋が物置代わりになっているらしい。

広いリビングには大きなテレビと革張りのソファ、ガラステーブルが置いてある。シンプルにまとめられていて、小物でゴチャゴチャしてる私の部屋とは大違いだった。

ガラステーブルの上には、吸い殻が一つも残っていない灰皿が一つと、開封済みの飴《あめ》の袋……未だ禁煙中らしい。

って、部屋の観察してる場合じゃなかった！　早く告白の返事を考えないといけないのにっ！

「なにか飲むか？」

「あ、いえ、もうさっきたくさん飲んだので大丈夫です」

「それもそうだな」

心臓がバクバク激しい音を立てていて、息苦しい。今血圧を測ったら、とんでもない数値を記録しそうだ。

気の利いた返事、返事、返事、返事――……！

晃さんはネクタイを緩めながら、ソファに腰を下ろす。隣に座るのはなんとなく気恥ずかしくて床に腰を下ろすと、「莉々花」と名前を呼ばれた。

振り向くと、ちゅっと唇を奪われた。

「隣に来い。そこは冷えるし、キスがしにくい」

ドキドキしすぎて、むしろ冷やしたいぐらい身体中熱いです……！

ちゅ、ちゅ、と唇を啄《ついば》まれると、身体の力が抜けて立ち上がれない。

ああ、こんなことされたら、頭の中が真っ白になって考えがまとまらなくなる。

……ううん、キスされなくても、考えはまとまらないままだ。だって一週間も考えたのに、ちっとも思いつかなかったんだから。

気の利いた言葉じゃなくても、思っていることをそのまま伝えよう。私の気持ちが伝わるまで何度でも……晃さんがそうしてくれたみたいに、何度でも伝えよう。

唇を塞《ふさ》がれたままではなにも言えないから、私は立ち上がって晃さんから少し距離を取る。

「莉々花？」

「あ、晃さん……こくっ……告白の返事、お待たせしてごめんなさい。その、私も晃さんが好きです！　だ、だから、私を彼女にして下さいっ！」

口から飛び出してきたのは、想像以上にありきたりな言葉だった。

「よ、よろしくお願いしますっ！」

腰を九十度に曲げて、営業マンばりにお辞儀《じぎ》する。

こんなに待たされた挙句《あげく》、営業マンばりにお辞儀する。

こんなに待たされた挙句《あげく》、こんな返事？　って感じ？　すっごい行列ができてるラーメン屋さんに長時間並んでやっとありつけたけど、拍子《ひょうし》抜けな味だったみたいにガッカリしてる？

腰を曲げたまま恐る恐る顔を上げると、晃さんは切れ長の目を真ん丸にして驚いている様子だ。

「あ、あの？」

「告白の返事は保留になっていたのか。大阪の夜、言葉はもらえなかったが態度でＯＫをもらえたとすっかり思い込んでいた」

「……え!?　そ、そうだったんですか？」

「ああ、大人だし、まあ言葉がなく始まることもあるだろう」

そういうもの!?　経験値がなさすぎてわからない！

混乱していると、晃さんがククッと笑い出す。

「営業マンも顔負けなお辞儀《じぎ》だったたな」

は、恥ずかしい！　もうあの夜にＯＫしたと思われてたなら、下手な告白なんてするんじゃなかった～……！

「わ、笑わないで下さいよ。あの夜から気が利いた返事を必死で考えて、でも全然出てこなくて、それで……あー、もう今のは忘れちゃって下さいっ！　お願いしますっ！」

熱くなった顔を手でパタパタ煽《あお》いで冷ましていると、晃さんがソファから腰を上げて、こちらに近付いてきた。

恥ずかしくて思わず後ずさりしてしまいそうになるけれど、晃さんに捕まえられる方が早かった。ギュウッと力強く抱きしめられると、苦しいのにもっともっと力を入れて欲しいって思ってしまう。

「あ、晃さ……」

「好きな女からやっと聞かせてもらえた告白を忘れるわけないだろう。頭をしこたま打ちつけられてすべての記憶が吹き飛んだとしても、それだけは絶対に忘れない」

晃さんと一緒にいると、心臓がいくつあっても足りない。

「なんて例えを……っ……ン……」

唇を重ねられ、長い舌が唼内《こうない》を……心までも貪《むさぼ》りつくす。膝《ひざ》がガクガク震えて、立っているのがやっとだ。身体の奥が火を付けられたように熱くて、下着の中はすでにぐしょ濡れになっていた。

晃さんのキスは、アルコールよりも早く私を酔わせる――

足から力が抜けた瞬間、横抱きにされた。

「あ……」

晃さんは私をお姫様抱っこしたまま、寝室に連れていってくれた。

広い寝室の真ん中には大きなベッドが一つと、間接照明とサイドテーブルがある。

晃さんは毎日ここで寝起きしてるんだ。そしてこれからここで抱かれるんだと思ったら、心臓が爆発しそうなほど高鳴った。

晃さんは私をベッドに下ろすと、キスしながら服を脱がせてくる。下着姿にされたのに、寒いどころか、しっとり汗ばむほど身体が熱い。

「ん、んんっ……晃さん、ま、待って下さい……あの、シャワーを……」

「もう待てそうにない。せっかちな男を誘惑したキミが悪い」

「そんな……っ……ン……ぅ」

朝シャワーを浴びたとはいえ一日働いた身体なのに！　汗かいてるのにっ！

色々思うところはあっても、キスをお見舞いされると早くしたくて堪《たま》らなくなる。というかどれだけの経験を積めば、これだけのキスができるようになるんだろう。

晃さんの唇が首筋に、鎖骨《さこつ》に、ブラを外されて露《あら》わになった胸元に落ちてくる。

「ああ、もうこんなに濡らして……可愛い下着がグショグショだな。いつからこんなに濡れてた？」

晃さんは耳を食《は》みながら、濡れたショーツ越しに指で割れ目を擦《こす》ってくる。

「ぁっ……んんっ……そんなこと、聞かないで……下さ……っ……ひぅっ……」

ショーツをゆっくり引き下ろされると、クロッチと大事な部分を愛液の糸が結んでいるのが見えた。濡れてるのはわかってたけど、こんなになんて……

唇や舌で胸を可愛がられて、指で中を掻き混ぜながら敏感な粒を転がされる。

「んっ……ぁ……っ……あっ……んんっ……」

初めは痛かったし、異物感があったのに、今では受け入れることを喜んでいるように快感しかない。

巧《たく》みな舌遣いで愛撫《あいぶ》された胸の先端は、晃さんから与えられる刺激を少したりとも逃してたまるかと主張するように尖《とが》りきっている。

どうしてこんな舌の動きができるの？　晃さんって、今まで何人の女の人と付き合ってきたのかな……まさか、両手じゃ……ううん、両手両足じゃ足りないぐらいっ⁉

「いや、片手で足りる。四人だ。……というか、両手じゃ足りないなんて、どれだけ軽い男に見られてるんだ。結構ショックなんだが」

「へ？」

私、声に出てた……っ⁉

「ち、違うんです。軽いとか、そういうんじゃなくて……キスが……その、上手すぎるから、どれだけの人数と経験すれば、それだけ上手くなれるのかなって思って……」

「上手すぎるって、誰と比べてるんだ？　キスをしたことはないと言っていたが、嘘だったのか？　それともあの後、誰かと経験したのか？」

晃さんはムッとした顔で、尖《とが》りきった胸の先端を甘噛みしてきた。

「ひぁっ⁉　……んぅ……っ……ち、違いますよ。でも、晃さんのキスがあんまりにも上手すぎるってことは、晃さんのキスしか知らなくてもわかります」

「キミに気に入ってもらえるキスができているのは、喜ばしいことだな。だが、そこまで派手な女性経験は積んでない。心当たりがあるとすれば……さくらんぼだな」

「……さくらんぼ？」

って、あの果物のさくらんぼ……だよね？　どうして今、話題に出てくるの？

「小学校時代によく遊んでいた友人の祖父母が、さくらんぼ農園をやっていてな。遊びに行くたびにさくらんぼをご馳走《ちそう》になっていたんだが、小学生なんて、なんでも遊び道具にするものだろう？　食べ終わった茎《くき》を舌で結べるか……という話になってな。その当時できるのが俺だけで、一発芸扱いで事あるごとにやらされ続けて、舌が鍛《きた》えられた。なんせ高校生になるまでやらされたからな」

さくらんぼの茎《くき》を結べる人はキスが上手いって聞くけど、まさか生き証人に出会うとは……！

「あの当時はいつまでやらされるんだとうんざりしていたが、やり続けたかいがあったな」

甘噛みされて少しだけジンジンする先端をねっとりと舐《な》め転がされると、中に受け入れたままの指をギュウギュウと締め付けてしまう。

舐《な》められすぎて、乳首がおかしくなっちゃいそう……

「んんっ……そ、そこばっかり……舐《な》めちゃ……嫌……ですっ……お、おかしくなっちゃ……うっ……」

「禁煙してるから口寂しいんだ。我慢しておかしくなってくれ」

「そ、んな……っ……ぁあっ……んっ……やっ……だ、だめぇ……っ！」

胸と大事な場所を同時に愛撫《あいぶ》され、私は恥ずかしいぐらい大きな声で喘《あえ》ぎながら何度もイッてしまった。

「そんなに気持ちいいのか？　可愛いな」

「……っ」

切れ長の目に見下ろされると、今さらだけどすごく恥ずかしくなってしまう。

イッたばかりで気怠《けだる》い身体をくるりと回転させ、思わず背を向ける。

「こら、どっちを向いてる」

「だ、だって、晃さんが見てくるから……」

「じゃあ、今日はうしろからしてみるか？」

「へ？　……ひゃっ⁉」

腰を持ち上げられ、お尻を突き出す体勢にさせられた。これじゃ、恥ずかしいところどころかお尻の穴まで丸見えだ。

「う、う、うしろってまさか、お尻でっ⁉」

「興味があるのか？」

「ち、違……っ……ひぁっ……」

「安心しろ。尻に入れるんじゃなくて、こういう意味だ」

避妊の準備を整えた晃さんは、いきり立った欲望をお尻の穴じゃなくて膣口に押し込めてくる。

頭の中が真っ白になって、全身の毛穴がぶわりと開くのがわかった。

うしろからって、バックでするってこと……⁉　へ、変な勘違いしてた。恥ずかしい……っ！

「辛くはないか？」

うしろから尋ねられ、私は枕に顔を押し付けながらコクリと頷《うなず》いた。

辛くはないけれど、いつもより晃さんを深く感じることに戸惑ってしまう。

「動くぞ」

「……っ……んっあっ……あぁっ……んんぅ……っ」

晃さんのが奥に来るたびに、膝《ひざ》がガクガク震える。

激しく動いてるのに、晃さんの立派なベッドは全然軋《きし》まない。私のベッドなんて、寝返りを打っただけで結構な音がするのに。

顔を埋《う》めている枕からは晃さんのシャンプーの匂いがして、息を吸うたびドキドキする。

晃さんの部屋のベッドの上で、晃さんに抱かれてる。夢じゃないんだ……私、晃さんの彼女になったんだ。

「いつも以上に濡れて……締め付けてくるな。バックでするのは好きか？」

普段は真正面から聞こえる晃さんの低くて甘い声が、背後から聞こえてくるのが変な感じだ。

「わ、わかんな……っ……ひぅっ……んっ……んぅっ……ぁっ……あっ……」

好きか、そうじゃないかなんてわかんないけど、動物が交尾する時のような格好ですごく恥ずかしいのと、すごく気持ちいいことはわかる。初めての時はあんなに痛かったのに、どうしてこんなに気持ちいいんだろう。

「キミが突かれるとイイ場所をたくさん探したい。どこが気持ちいい？」

「……っ……イ、イイ場所？　わ、わかんな……」

「ああ、大丈夫だ。俺が探す。キミはただ気持ちよくなってくれたらいい」

晃さんは私の中を探るように、いろんな動きを加えてくる。お腹側の壁をグイッと押されると、身体が勝手に跳ね上がって、一際大きな声が出た。

「ぁっ……!?」

「ここが好きか？」

ゆっくりグリグリ押されると、一気に絶頂が近付いてくるのがわかった。枕を握りしめながらわずかに頷《うなず》くと、晃さんはそこを集中的に突いてくる。

そこを押されるたびに、瞼《まぶた》の裏に火花が飛んでいるみたいだ。

うしろ向きでよかったかもしれない。今の私、きっとすっごい恥ずかしい顔してる。

「ぁっ……あんっ……ふぁっ……あ、晃さん……は、激し……っ……あっ……あぁっ――……」

ガクガク震えながらイッてしまうと、晃さんはまだイッていないのに自身を引き抜いた。

あ、あれ……？

「晃さ……あっ……」

くるんと身体をひっくり返されて、晃さんの顔を真正面に捉《とら》える。

な、なんでっ!?

「へ？　あ、あの……ふぁっ」

今度は真正面から挿入されて、イッたばかりの中がビクビク震える。

「うしろからもいいが、莉々花の可愛い顔を見ながらイキたい」

「か、顔!?　だ、だめですっ……今、変な顔してるから……っ」

慌てて両手で覆《おお》って隠すと、手の甲にチュッとキスされた。

「変な顔じゃなくて、いやらしい顔だろう？」

なおのこと見られたくない～……っ！

「莉々花、このままじゃキスできない」

見られたくないけど、キスはしたい。

そうだ。唇だけ出すようにすれば……！

恐る恐る口元だけ手をどけると、そんなことはお見通しだというように両手を押さえ付けられた。

「可愛い」

「こ、こんな顔が可愛いわけ……んんっ……んっ……ぅっ……」

激しく突かれながらキスされると、羞恥心《しゅうちしん》もなにもかもとろけていく。

『可愛い』なんて今までの人生、何度も言われ続けたこの言葉――嬉しいと感じることはないと思ってたのに、晃さんに言われると嬉しくて堪《たま》らない。

「好きだ、莉々花……」

「私も……す、好き……です。晃さん……大好き……」

彼の熱を受け止めていると、今まで辛かったことや悲しかったことが、全部溶けていくみたい。

晃さんを好きになってよかった……

◆◇◆

翌日の土曜日に帰るつもりだったのに、結局は土曜日も泊まってしまって、帰ったのは日曜日だった。

初めての彼氏ができて、心の中はお祭り騒ぎ。

月曜日になってもなかなか気持ちが切り替えられなくて、仕事が手に付かなかったらどうしよう！　なんとかしないと！　と一人焦《あせ》っていたけれど、パソコンに向かった瞬間――ちゃんと仕事モードに切り替わった。

小休憩を取っている最中、チラリと晃さんの席を見ると空席。今日から、一泊で名古屋に出張に行っているのだ。社内にいないと事前に知らされていても、仕事を離れると油断してつい晃さんの席を見てしまう。

今日は仕事が終わったら、『出張お疲れ様です』ってメールしてみよう。自分からって初めてかも……ちょっと緊張する。

定時を少し過ぎた頃仕事を終えた私は、帰り支度《じたく》を済ませてトイレに立ち寄った。

メールを送るのは家に着いてからにした方がいいかな。それとも今送っちゃおうかな……なんて考え、用を済ませて手を洗っているとドアが開いた。

鏡越しに誰か確かめると、帰り支度《じたく》を済ませてカバンを持った目黒さんとバチッと目が合う。

うげ……！　トイレに寄らなきゃよかった。

「お、お疲れ様です」

「お疲れ様、こんなところにいたのね。探したわ」

「え？」

探したって、目黒さんが私を？　なんのために？

「Ｓ・Ｉ・Ｓの吉次《よしつぐ》さんが、この後直接会って今後の打ち合わせがしたいと仰《おっしゃ》ってるの。あなたも同席して欲しいとのことよ。来てもらえるわね？」

「え、どうしてですか？　引き継ぎが済んでから大分経ちますよね？　私が同席する意味はないと思うんですが……」

私はパルファムの仕事を手掛ける以前、大手旅行会社の『Ｓ・Ｉ・Ｓ』の旅行ポスター制作の仕事をしていた。パルファムの仕事が決まってからは目黒さんに引き継いだし、クライアントも納得してくれているはずなのに、どうして今さら？

「私もそう言ったんだけど、吉次さんがどうしても杉村さんが同席してくれないと決められないデザインだって聞かないのよ」

吉次さんって、そこまでデザインに熱心じゃなかったよね？

むしろデザインに無頓着《むとんちゃく》すぎて、口癖は『杉村さんの好きにやっちゃって！　僕は上に通るデザインであれば問題ないからさっ！　それよりも呑みに行こうよっ！　ねっ！』だった。四十代で妻子がいるくせに、呑みへのお誘いが半端なかった。……当然、仕事が忙しいことを理由に全部断ったけど。

無頓着《むとんちゃく》すぎて彼の上司が望むデザインがどんなものか聞き出すのに苦労したし、ちゃんと教えてくれないからリテイクも相当あったんだけど……社内でいい加減ちゃんとデザインに取り組めって言われて、改心して張り切ってるとか？

「とにかくもう時間がないの。あなた、ちゃんと引き継ぎしてくれたの？　私が気に食わないからって、わざと抜かしたものがあるんじゃない？」

「そんなことするわけないじゃないですか！　子供じゃないんですよ？　大人で、仕事の場です。しっかり行いました」

こんなところで言い合っていても埒《らち》が明かない。

「やましいことがないのなら、打ち合わせに来られるわよね？　そこで改めて正式な引き継ぎをしてちょうだい」

「わかりました。行きます」

汚名を晴らすため、私は目黒さんに付いて吉次さんのもとへ向かった。

てっきりS・I・S本社に行くと思っていたのに、連れて行かれたのは全室個室の居酒屋だった。アルコール入れて仕事の話をするの？　仕事の話が終わってから、親睦《しんぼく》を深めようって意味で呑みに行くのならわかるけど、初《しょ》っ端《ぱな》からアルコールあり!?　あ、でも最初はソフトドリンクで、仕事の話を終えてからアルコールを頼むとか？

「久しぶりだね、杉村ちゃん。会いたかったよ～」

「お久しぶりです。お疲れ様です」

……と思っていたのに、吉次さんはもうビールを呑んでいて、顔が真っ赤。

この人、本当に仕事の話をする気あるの!?

内心苛立《いらだ》っていたけれど平静を装う。すると目黒さんは席に着かず、ニッコリ笑って「じゃあ吉次さん、よろしくお願いしますね」と言った。

「はいはーい、目黒ちゃん、ありがとね」

「え？　よろしくお願いしますって、引き継ぎは……」

目黒さんは私の質問を無視して、そのまま個室を出て行ってしまう。

なんで二人っきり!?

「ちょっと、目黒さ……っ」

追いかけようとすると、吉次さんが脂《あぶら》っこい手で私の手首を掴《つか》んできた。

「な、なにするんですか！　離して下さいっ！」

「わかってるんでしょ？」

「わかってるって、なにが……」

「またまたとぼけちゃって。うちがキミんとこと契約を続ける代わりに、キミが一晩僕のモノになってくれるって話だよ。キミを抱けるなんて夢みたいだよ。ずっと可愛いなぁって思ってたからさ」

——はめられた……！

「とぼけてません。私はデザインの話があると聞いたから伺《うかが》っただけで、そんなお話は一切聞いてません。聞いていたとしたら来ませんでした。離して下さい！」

動揺しながらも毅然《きぜん》として突っぱねたけれど、吉次さんは手を離してくれない。

「そんなこと言っていいんだ？　うちの会社がキミんとこにどれだけの利益を与えてるか、わかってる？」

「それは……」

Ｓ・Ｉ・Ｓは、君島デザイン事務所創業の時から取り引きが続いているお得意様だ。人事異動で途中何度か担当が代わったけれど、うちとの取り引きは変わらず行われている。春夏秋冬、季節ごとに様々なツアーを企画するから、それに合わせたパンフレットも必要で、そのパンフレットの多くを長年に渡ってうちの事務所に依頼してくれている。Ｓ・Ｉ・Ｓの仕事がなくなれば、君島デザイン事務所が不利益を被《こうむ》るのは間違いない。

掴《つか》まれた手首をグッと引っ張られ、バランスを崩した私はそのまま吉次さんに抱き寄せられてしまう。

「きゃっ……！」

「それを考えれば自分がどういう行動をとるべきかわかるよね？」

やけにきつい香水の匂いと、お酒の匂い――服越しでも体温が伝わってきてゾッとする。

――気持ち悪い！

「嫌……っ！」

目にゴミが入ると涙が出るように、身体が勝手に動いて吉次さんを思い切り突き飛ばしていた。

「こんなことしていいのかな？　僕が上に言えば、キミんとこみたいな会社となんて、すぐに取り引き打ち切りになっちゃうよ？」

「……っ」

「少し時間をあげるから、自分がどうしたらいいか考えるといいよ。ああ、このことを口外したらどうなるかもわかってるよね。うち、ご存じの通りかなり顔が広いんだ。キミんとこの事務所のクライアント全部、別のデザイン事務所へ引っ張っていくことだってできるってのも胆《きも》に銘《めい》じておいて」

「し、失礼します……っ」

その場から転がるように逃げた。

少しでも足を止めたら吉次さんが追いかけてくるような気がして全速力で走った。

居酒屋が入っているビルが見えなくなったところでようやく足を止め、乱れた息と激しく高鳴る心臓を落ち着かせる。

スマホを取り出して、すぐに目黒さんへ電話をかけた。

『……あら、吉次さんといるはずの杉村さんが、どうして私に電話をかけてくるのかしら？』

「質問したいのは私の方です！　どうしてあんなこと……説明して下さい！」

『なにを怒ってるのかしら。私はただ吉次さんから頼まれた通りに打ち合わせの場を設けただけよ？』

電話の向こうで、目黒さんがクスクス笑っているのが聞こえる。

「じゃあ、どうして途中で帰ったんですか⁉」

『あら、三人で打ち合わせするなんて、私一言も口にしていないはずだけど？』

そうくる⁉

「常識的に考えて、現担当の目黒さんが同席するのが当然じゃないですか？」

『あなたの常識なんて知らないわ。とにかく、Ｓ・Ｉ・Ｓがうちにどれほどの利益を与えているか、わかってるでしょう？　あなたが吉次さんの機嫌を損《そこ》ねて、Ｓ・Ｉ・Ｓからの仕事を切られたら……うちの事務所はどうなるかしら？』

「……っ」

取り引きを打ち切られるのは困る。でも吉次さんと一夜を過ごすなんて絶対に嫌！　死んでも嫌！

『どうすればいいか、わかってるわよね？　……あなたは今まで可愛い、綺麗だってチヤホヤされて得な人生を送ってきたんだろうけど、現実は厳しいのよ。少しは反省しなさい』

「あ、ちょっ……目黒さん！　目黒さん⁉」

切られた……

得な人生なんて送ってるわけないだろうと声を大にして叫びたいのを我慢して、リダイヤルで目黒さんに電話をかけ直す。

でも、いくらかけても、発信音は聞こえるものの繋がる様子はない。

あんの腹黒～……っ！

またかけ直そうと発信ボタンをタップしようとしたら、メールを受信した。見覚えのないアドレス……開いてみると、吉次さんだった。クライアントには会社で使ってるパソコンアドレスだけしか教えてない。ということはこの前の合コンの時みたいに、また目黒さんが教えたのだろう。

『吉次です。今週の金曜日二十一時にここのホテルで待ってるね。部屋番号は当日メールするよ』

最後にホテルのＵＲＬが張ってある。ラブホのＵＲＬかと思いきや、普通のホテルのＵＲＬだ。ラブホテルだと出入りしてるところを誰かに見られたら言い逃れできないし、一般のホテルならレストランやバーも入ってるから言い訳が立つ……とでも計算しているのだろうか。気持ち悪っ！

とにかく晃さんに一度相談を……そう思ったけど、先ほどの吉次さんの言葉がよみがえる。

『ああ、このことを口外したらどうなるかもわかってるよね。うち、ご存じの通りかなり顔が広いんだ。キミんとこの事務所のクライアント全部、別のデザイン事務所へ引っ張っていくことだってできるってのも胆《きも》に銘《めい》じておいて』

……ダメだ。晃さんに相談すれば、晃さんはきっと吉次さんのところへ直接乗り込むだろう。それは私が彼女だからとかじゃなくて、彼は社員をとても大切にする人だから誰であろうとそうするはずだ。

落ち着け……落ち着いて、どう行動すればいいか慎重に考えないと……

とりあえずいつまでもこんなところにいても仕方がないし、帰路《きろ》についたのだけど……悪いことというのはとことん続くもので――

「キミ、ホント可愛いねぇ～おじさん、いつも見てたんだぁ。ね、おじさんの焼き芋、おっきいでしょぉ？　触ってもいいよ。ほらほら、季節外れの焼き芋をどうぞ召し上がれ」

「ぎゃあああああ!?」

自宅最寄り駅から家へ向かって歩いていると、中年の露出狂《ろしゅつきょう》と遭遇《そうぐう》……！　曲がり角からいきなり出てきたものだから、ホラー映画の主人公ばりに叫んでしまった。手にしっかり握っていた防犯ブザーを鳴らすと、男は自称焼き芋を出したまま一目散《いちもくさん》に逃げていく。また戻ってきたら怖いし、私も走って自宅へ駆け込んだ。

「ただいまっ……あれ？」

家の中は真っ暗……あ、そっか、お母さんは夜勤だし、お父さんも今日は呑みに行くから遅くなるって言ってたっけ……

月曜日から呑みなんて、週の後半きついんじゃないの～？　なんて考えながら電気のスイッチに手を伸ばす。

あ、ダメだ。もしこの辺りにまだ奴が潜《ひそ》んでいたら、今急に電気なんて付ければ『はいはーい、ここが私の家ですよ～！』と主張するようなものだ。しばらくの間、真っ暗のまま大人しくしていよう。

リビングのソファに座ってると、気持ちまで暗くなってきてなんだか涙が出てきた。

おかしいな……

容姿に目を付けられて関係を迫られることも、露出狂《ろしゅつきょう》にあうことも珍しくはない。吉次さんのことは話せないとわかっていても、晃さんに会いたくて、抱きしめて欲しくて堪《たま》らない。今までどんなことがあっても一人で耐えてきたのに……こんなこと生まれて初めてだ。

ああ、私本当に晃さんのことが好きなんだ……

にじんだ涙を拭《ぬぐ》っていると、晃さんからもらったスマホが震えた。

晃さんから電話……！

「……っ！　は、はい」

『莉々花、俺だ。もう家か？』

「はい、今帰ってきたところです。晃さんは打ち合わせ、終わりましたか？」

晃さんの声を聞くとホッとして、同時に今すぐ会いたくて切なくなる。

晃さんの前では仮面を被《かぶ》らなくていいと思っていたけれど、ワガママを言って困らせたくないし、心配をかけたくない。やっぱり仮面を被《かぶ》った私は、精一杯の明るい声を出した。

『莉々花、どうした？　なにかあったのか？』

「え？」

『声のトーンが、いつもと違う』

う、嘘……っ！

「そ、そんなことないですよ。いつも通りですっ！　それよりも……」

冷や汗をかきながら必死で普通の自分を演じ続け、なんとか誤魔化《ごまか》したまま電話を切った。

晃さんの声を聞いたら、少し元気出たかも……

今日は色々あって疲れたし、早めに休んで明日の朝また考えよう。

ゆっくりお風呂に入ってベッドで横になったものの、吉次さんのことやこれからのことがグルグル頭を回ってなかなか寝付けない。

どれくらいそうして過ごしていたのだろう。数時間が経った頃、ふたたび晃さんからもらった方のスマホが震えて飛び起きる。

「もしもし？　晃さん、どうし……」

『今、少しだけ家の外に出て来られるか？』

「え？」

まさか……

カーテンを開けると、家の前に一台のタクシーがあった。

スマホをベッドに放り投げて、転がるように階段を駆け下りると、タクシーから晃さんが降りてきてくれた。

「あ、晃さん、どうして……」

「やっぱりキミの様子がいつもと違うように感じて気になってな。新幹線の最終に間に合いそうだったから、予定を変更して泊まらないで帰ってきた。なにかあったのか？」

抱きしめながら頭を撫《な》でられると、嬉しくて、切なくて、泣きそうになってしまう。

「ちょっと嫌なことがあって……」

「嫌なこと？」

「あ、いいんです」

「聞いたら教えてくれるか？」

「それは……」

言えない……

「あの、大丈夫です。晃さんの顔を見たら、元気になりましたから」

にじんだ涙を拭《ぬぐ》って心からの笑みを浮かべると、晃さんも笑ってくれる。

「そうか、それならいい。夜分遅くにすまなかったな」

「あっ……もう、帰っちゃうんですか？　あの、上がっていきませんか？　母は夜勤でいませんし、父もかなり呑んで帰ってきたので朝まで起きないと思いますから」

まだ一緒にいたくてつい引きとめてしまうと、また頭を優しく撫《な》でられた。

「いや、まだキミと一緒にいたいのは山々なんだが、親御さんへの最初のご挨拶《あいさつ》はちゃんと前もって連絡をしてから臨《のぞ》みたい。俺はキミの両親に好かれたいからな」

「え……あ、挨拶《あいさつ》、してくれるんですか？」

「当たり前だ」

当たり前……なんだ。

「顔が見られてよかった。おやすみ」

思わずにやけてしまっていると、ちゅっと唇を重ねられた。胸の奥がキュンと切なくなって、キスだけじゃ足りない……なんて思ってしまう。

晃さんは私が家に入るのを見届けてからタクシーに乗り込んで帰って行く。私は二階の自室からタクシーが小さくなるまでずっと眺《なが》めていた。

さっきとは違う意味で眠れなくなっちゃったかも……

なんて考えていたら、さっき放り投げたスマホを手で押しつぶしていた。ピピッと電子音が聞こえて、弾かれたように手を離す。

「う、わっ⁉」

カメラのアイコンをタッチしてしまったようだ。

あれ？　なんか動いてる？　あ、ムービーになってる！　スマホでムービーって初めて撮ったかも……

再生してみると、『う、わ⁉』と私の間抜けな声が、鮮明に録音されていた。

へえ、結構綺麗に取れてる……

「……あっ！」

いいこと思い付いた……かも⁉

仮面五　仮面を壊した日

金曜日の定時を過ぎた頃――吉次さんからメールがあった。
『杉村ちゃん、お疲れ！　今日の約束ちゃんと覚えてくれてるかな？　ホテルの部屋番号は九〇五だよ。間違えないでね』

うちの会社との取り引きを打ち切られるのは困る。でも晃さん以外の男性に抱かれるなんて冗談じゃない……！

本日の私のカバンは、いつもより一回り大きい。それは当然お泊り道具が入っているのではなくて、防犯グッズを詰めてきたからだ。

録音アプリをダウンロードしたスマホに、スマホがなんらかの理由で使えなくなることを想定し、念には念を入れてＩＣレコーダーも購入して持ってきた。

私の作戦はこうだ。ホテルに行く前にどこかの店へ行って、吉次さんから『抱かせないと君島デザイン事務所とは取り引きを中止する。君島デザイン事務所のクライアントを別の事務所に引っ張っていく』と私を脅《おど》した言葉をふたたび口にさせて録音する。そしてホテルに行く前に上手く脱出……！

その後は言質《げんち》を使って、『君島デザイン事務所に不利益をもたらすなら、この証拠を持って訴えますよ』と逆に脅《おど》し返してやろうじゃないの！

万が一のことを考えて、カバンの中には個人でも買うことのできる防犯用のスタンガン、警棒、催涙《さいるい》スプレー、防犯ブザー……それからちょっとした保険のブツが入ってる。会社を出る直前にブラの裏側から画鋲《がびょう》を刺して、テープで留めるつもりだ。万が一胸を触ってきたら、胸の感触と共に針の感触もブスリと味わうことになる。

これだけのことをしたら、私はもうこの会社にはいられなくなるだろう。仮に作戦が成功して吉次さんの悪事を暴《あば》いたことによって先方からのお咎《とが》めがなかったとしても、うちの会社の雰囲気は最悪になって事務所にい続けるのは無理だと思う。そんなこんなで事務所を退職するのを避ける手立ては思い付かなかったけれど、吉次さんに会社の存続を脅《おびや》かされることと、抱かれないようにする手立ては思い付いた。

ふと顔を上げると、目黒さんと目が合った。彼女はニヤリと意味深な笑みを浮かべると、パソコンの画面に視線を移す。

吉次さんから聞いて、私が今日抱かれると思ってるんだろうなぁ……

誰が抱かれるもんですか！　と言ってやりたいけど、目黒さんは吉次さんと繋がってる。下手に行動して作戦がバレたら大変だ。

お昼休み、ユキちゃんと一緒にいつもの定食屋さんで食事を取っていると、晃さんからメールがあった。

『今日、うちに来ないか？』

行きたい……っ！

そうだ。言質《げんち》を取ったら、私が逆に脅《おど》せるんだし、晃さんに吉次さんから脅《おど》されたことを話しても問題ないよね。それから退職することも相談しないとだし……

『用事があるので遅くなるかもしれないですけど、それでも行ってもいいですか？』と送ったら、『俺も残業になりそうだ。終わったら連絡をくれ。迎えに行く』と返ってきた。

吉次さんから言質《げんち》を取ることができたら、晃さんに会える……！　上手くできるか心配だけど、鼻先にニンジンをぶらさげられた馬のようにやる気が出てきた。

よし、頑張ろう……！

吉次さんに『ホテルへ行く前に、食事しませんか？』とメールを送ると、『ああ、いいよ。じゃあこの前の店に十九時でどう？　ちょっと仕事が立て込んでて遅れるかもしれないから、先に入っててくれる？「吉次」で予約取っておくから』と返事がきた。

よしっ！　これでホテルに入ることは免《まぬか》れた！

――そして、ハリネズミかな？　ってぐらいブラの裏にしこたま画鋲《がびょう》をつけ、スタンガンとICレコーダーにちゃんと電源が入ることを確認して、戦場へ向かった。……のだけど。

『杉村ちゃん、ごめん！　仕事終わんないから、食事無理だわ。約束通りの時間にホテルで会おう！』

お店の中で待っていると、そんなメールが来て、地獄の底へ突き落とされた気持ちだった。

じゃあホテルで言質《げんち》取らなきゃいけないってこと!?　難易度上がりすぎなんだけど……！

絶望していると、また吉次さんからメールが来た。

『あ、言い忘れてたけど、先にシャワー浴びないでね！　僕さ、実は匂いフェチなんだ。一日働いた身体の匂い嗅《か》ぎたいし（特に足の指の間ね！）嗅《か》がせたいから、シャワーはセックスが終わった後ってことで！　あ、今日は絶対抱きたいから、逃げたら……わかってるよね？　じゃ、よろぴこっ！』

「ぎゃああ！　キモキモキモキモキモッ！」

お店の中ということも忘れて、大声を上げてしまう。

密室でなんて無理……！　そ、そうだ。生理になったから無理だってことにしよう！

生理だから後日にして下さいとメールすると、『生理大歓迎！　じゃあ、中出しOKだね！』というとんでもないメールが送られてきて吐きそうになった。

OKなわけがあるか！　生理の時だって妊娠する時はするし！　ってそういう問題じゃなくて……ああ、気持ち悪い！　本当に気持ち悪い！

逃げ出したい気持ちでいっぱいだけど、そうもいかないらしい……

大丈夫……護身用グッズもあるし、いざとなったら反撃できる！　うん！

心の中で何度もそう繰り返して自分を励まし、私は吉次さんと待ち合わせているホテルへ向かった。

◆◇◆

ホテルのロビーで待っていると、二十一時ちょうどに吉次さんが現れた。

「いやぁ、遅くなって悪かったねぇ！　チェックイン済ませたから、行こっか！」

吉次さんに肩を抱かれると、鳥肌がブワリと立つ。

「ちょっ……やめて下さいっ！」

慌てて距離を取ると、ニタリと笑われた。

「あれれ、そんなこと言っていいのかな？」

「人に見られてもいいんですか？」

「……ま、まあ、それもそうか」

これで人目の付くところでは身の安全が確保できた。吉次さんと並んで歩いていき、エレベーターに乗り込む。エレベーターの中でまた行動に出るんじゃないかとハラハラしたけれど、私たちよりも上の階に行く同乗者がいたのでホッとする。

おぉっと、油断は大敵！　気を引き締めないと……

ポケットに忍ばせておいたＩＣレコーダーをＯＮにして、気を引き締め直す。

目的の階に着いてエレベーターを降りる。吉次さんは部屋に到着するなりバッサバッサとスーツを脱いで、あっという間にトランクス一枚になった。

ぎゃあああああ！　み、見たくないっ！

まさかこんなに早く行動に移すとは……！

「あーっと、ちゃ、ちゃんとかけないと、シワになっちゃいますよー」

なんて言ってクローゼットまで行って、距離を取る。

「ああ、ありがとう。気が利くね～！　ていうか、やっぱ慣れてるねっ！」

慣れてないしっ！　やっぱって言うなっ！

……なんて突っ込んでないで、早いところ言質《げんち》取って退散しないとっ！

「……あ、あの、私のこと、本当に抱くつもりなんですか？」

「あっれー？　嫌なの？」

「嫌に決まってるじゃないですかっ！」

「あれれ、そんなこと言っていいの？　大手であるうちとの取り引き、打ち切られちゃってもいいのかな？　キミんとこのクライアント、全部他の会社に行くようにしちゃうよ？」

や、やった！　意外にあっさり言質《げんち》ゲット！

「それが嫌なら、僕の言う通りにすることだ。さあ、まずは早くそのパンプスを脱いで、僕にその蒸れた足の匂いを嗅《か》がせてもらおうか」

ハアハア息を荒らげながら、吉次さんがジリジリ近付いてくる。『今話したことは録音しました！もうあなたのいいようにはされませんよ！』なんて言ったら強引に音源を取られてしまうかもしれないから、そのことは伏《ふ》せて脱出しなければならない。

「絶対に嫌です！　来ないで下さい！」

吉次さんのトランクスの真ん中が、思いっきり盛り上がってる。

ひぃいいいい！　見たくない！　目が潰《つぶ》れちゃうっ！

「帰らせて下さい。でないと、痛い目をみますよ」

カバンの中から警棒と一緒に、ストッキングを出した。保険のブツ……そう、それはストッキングだ。穿《は》けば温かいし、頭に被《かぶ》れば面白くなれる万能アイテムだ。昨日家で試しに被《かぶ》ったら、想像以上に効果がありそうだった。

これを被《かぶ》った顔を目の前にすれば、その盛り上がったブツもたちまち萎《しお》れちゃうでしょう！

ストッキングを被《かぶ》って片手に警棒を持って、さらに萎《な》えるようにファイティングポーズを取る。

ストッキングを被《かぶ》っているから少し見えにくいけど、興奮していた吉次さんが一気に理性を取り戻していく様《さま》が見えた。

ふふ、大成功……！

大勝利の予感に打ち震えていると、なぜか入り口のドアが開いた。

「へ？」

なんでドアが開くの？　あまりに早く帰りたくて、念力に目覚《めざ》めちゃった？　なんてそんなわけないしっ！

目が引っ張られてかなり見えづらいけど、ストッキング越しに二人分の人影がぼんやりと見える。

誰？　ホテルマン？

とんでもないところを見られてしまったものだ。もっこりトランクス一枚の男とストッキングを顔に被《かぶ》った女……どんな変態プレイをしていると思われているのだろう。

や、でもノックもなしに開けるっておかしくない？

ストッキングを少しだけ引き下げて、視界を確保した。すると驚愕《きょうがく》する晃さんと目黒さんの顔が見えて、ギョッと目を見開く。

え……あ、あれ⁉　なんで二人が⁉

「……な……これは……どういうことだ？」

それはこっちの台詞《せりふ》だ。どうして晃さんがこんなところに⁉　しかも目黒さんと一緒に⁉　というか私、こんな面白い顔なのに……っ！

「い、いやあああ！　み、見ないで下さいっ！」

慌てて警棒を放り投げ、被《かぶ》っていたストッキングを脱いだ。その様子を見て、晃さんが堪《こら》えきれないといった様子で噴き出す。

なにこれ、どんな罰ゲーム!?　好きな人にこんな顔を見られるなんて、最悪すぎる……！

狼狽《ろうばい》しながら服を着直す吉次さんを見て、笑っていた晃さんの表情が冷たくなる。

「吉次さん、お久しぶりですね。杉村は御社の担当を外れたはずですが、なぜ下着一枚のあなたとこんなところにいるのでしょうか」

落ち着いた声だけど、肌に突き刺さるほどの怒りを感じる。

「こ、これは杉村ちゃんが……いや、杉村さんに誘われて……っ……僕はそんなつもりはなかったんだけど、どうしてもっていうから。女性に恥をかかせるわけにはいかないと思って……ほら、ね？」

「なっ……違……」

「そんなわけがあるか！　うちの社員を侮辱《ぶじょく》するような発言はやめていただきたい！」

私が違うと言うよりも先に、晃さんが怒鳴り付けながら否定してくれた。

吉次さんを信じてもおかしくない状況なのに、信じてくれるの？

嬉しくて、涙が出そうになる。

「あの、どうしてあき……いえ、社長がここに？」

「キミが以前からクライアントと身体の関係を持っている、と目黒から聞いて、事実を確認しに来たんだ。場所と部屋番号も彼女から聞いた」

目黒さんの話を信じたの⁉

「なっ……私そんなこと……っ」

「当たり前だ。わかっている。キミはそんなことができる人間ではない。そのことを証明するために来たまでだ」

涙目で否定しようとする私を見て、晃さんは安心しろと言いたげな笑みを見せてくれた。

「杉村、事実を聞かせてくれ」

当たり前だって言ってくれた……

晃さんの言葉が、勇気をくれる。

「私、誘ってません。脅《おど》されてたんです」

私はポケットの中に仕込んでいたＩＣレコーダーを取り出し、最大の音量で再生してみせる。するとただでさえ真っ青だった吉次さんの顔が、さらに青くなっていく。

「私がここに来たのは、脅《おど》された証拠を手に入れるためです。吉次さんに好きにさせるためじゃありません。これ以上脅《おど》してくるのなら、私はあなたを訴えます」

「なっ……なっ……こ、これは……目黒ちゃん、どういうこと⁉　目黒ちゃんが言ったんだよ⁉　杉村ちゃんは男好きでセックス依存症だから、こうして逃げられないようにお膳立《ぜんだ》てすれば喜んで腰を振ってくれるって！　今日だって三人でしようって言ってくれたじゃないか！　それなのにどうして君島さんを連れてくるの!?」

涙目になった吉次さんは、狼狽《ろうばい》して目黒さんに泣き付く。

「や、やだぁ、吉次さんったらなにを言ってるんですか？　私がそんなこと言うわけないじゃないですかぁ」

「は!?　しらばっくれるなよ！　やり取りしたメールだってちゃんと残ってるんだからな！　き、君島さん、今全部転送します」

目黒さんは真っ青になって、言葉を失う。

晃さんは吉次さんから転送されたメールに目を通すと大きなため息を吐いて、下がった眼鏡を指で元の位置に戻す。

「……確かに社に登録されている目黒のメールアドレスに間違いはありません。ですが第三者にどう手引きされようが、あなたが杉村を卑怯《ひきょう》な手で脅《おど》したのは事実です。目黒、キミには週明けの終業後に事情を聞くからそのつもりで」

「そ、そんな、社長……わ、私……」

「杉村、帰るぞ。吉次さん、我々はこれで失礼します。うちとの取り引きの担当変更のご連絡お待ちしておりますよ」

晃さんは涙目になる目黒さんと吉次さんを侮蔑《ぶべつ》に満ちた目付きで一瞥《いちべつ》し、私を連れて部屋を後にした。

◆◇◆

約束通り晃さんの自宅へ来た私は今までの経緯をすべて話し、当然だけどお説教を受けていた。

「なにかあったらどうするつもりだったんだ！　相手は男だぞ！　女性のキミが力で敵《かな》うはずがないだろう」

最初は並んでリビングのソファに座っていたけれど、雰囲気的に足を伸ばして普通に座っているのが申し訳なくなって、私は自主的に下りて正座した。けれど、お尻が冷えるからとふたたびソファの上に座らされたので、今はソファの上で正座をしている。

「私も力では敵《かな》わないと思って、一応警棒とか催涙《さいるい》スプレーとかスタンガンとか用意していったんですけど……その、すみません……」

「そ、そんなものまで用意してたのか。いや、だからといってキミが単身乗り込んでいい話ではない。危険だろう」

晃さんは少し驚愕《きょうがく》して怯《ひる》んだ様子だったけど、すぐに真顔になって怒り続ける。これで十分対抗できると思っていたけれど、男の人から見たら生ぬるい装備だったのかもしれない。

「そ、そんな装備じゃ足りませんでしたかね。男の人ですもんね」

「いや、それだけあれば大丈……いやいや、そうだぞ。足りない。なにかあったらどうするんだ。今度からは一人で抱え込まず、必ず俺に相談しろ」

もし晃さんがあの場に来てくれなかったら、もしかしたら今頃……トランクス一枚の吉次さんを思い出し、背筋がゾゾゾッとする。力強く頷《うなず》くと、「よし」と言って頭をポンと撫《な》でられた。

目黒さんは私が吉次さんに抱かれると確信して、浮気現場発見！　修羅場《しゅらば》突入！　と私を陥《おとしい》れるために晃さんを連れてきたのだろうけれど……結果助かった。

「とにかく、無事でよかった……」

抱き寄せられ、そのまま身を任せそうになるものの……ブラの裏に仕込んだ画鋲《がびょう》を思い出し、慌てて距離を取る。

「ダメ！」

「……すまない。あんなことがあった直後なのに、同じ男の俺が触れるのはデリカシーがなかったな」

「い、いえ、違います！　抱きしめて欲しいです。でも、今抱きしめてもらったら晃さんが串刺しに……っ！」

「……串刺し？」

「防犯グッズだけじゃ心許《こころもと》なくて、胸を触られたら刺さるように、ブラに画鋲《がびょう》を仕込んであるんです。抱き着いたら晃さんの身体に刺さっちゃいます。あの、取ってきますね」

洗面所を借りて画鋲《がびょう》を取ると、ブラが穴だらけの無残《むざん》な姿に……画鋲《がびょう》を刺すから、もう捨てようかな？　って思ってたくたびれたブラを使ったけど、予想以上に憐《あわ》れな姿だ。

「お待たせしました」

片手にこんもり画鋲《がびょう》を持って現れた私を見て、晃さんが噴き出した。

「串刺しなんて大げさな表現だと思っていたが……それだけ装着していたら、確かにそうかもな……」

笑われると、恥ずかしくなってくる。

「あのお笑い芸人のようにストッキングを被《かぶ》っていたのはどういう意味があったんだ？」

「あ、あれは、吉次さんがヤル気を失うようにと思って……」

まさか好きな人にあんな顔を見られることになろうとは……

大後悔していると、晃さんがお腹を抱えて笑い出す。

ううう、時間を巻き戻せるのなら、今すぐストッキングを被《かぶ》るのはやめろと伝えたい。

「わ、笑いすぎですっ！　必死だったんですから！」

「すまない」と謝る晃さんの切れ長の目には、笑いすぎて涙がにじんでいる。彼は謝った後も笑い続け、しばらくすると真顔になって、改めて「すまない」と謝った。

「何回も謝らなくていいですよ。面白い顔だったのは自分でも鏡を見て確認してますから……」

「いや、そのことじゃない。月曜日、様子が変だったのはこのことに悩んでいたからだろう？」

「……はい」

「あれ以上聞けば、逆にキミを傷付けるんじゃないかと思って聞かなかったが、ちゃんと聞いておくべきだった。俺のせいで怖い思いをさせたな。すまない……」

「いえ、私の方こそごめんなさい。でも、あの時はどんなに聞かれても、答えられなかったです。でも、あの時晃さんが来てくれて、ギュッてしながら頭を撫《な》でてくれて、すごくホッとしました……だから私、勇気を出せたんです」

「そんな勇気を出すな。……まったく、もうなにも危険物は装備していないな？　いや、装備していてもいい。来い」

晃さんは私を力強く抱きしめると、ホッとしたように大きなため息を吐いた。

「……これからは少しでもキミの様子が変だと思ったら、強引にでも聞くぞ。前にも言ったが、キミはもう少し周りを……いや、周りを頼らなくてもいいから、俺を頼ると約束しろ」

「晃さん……」

「俺の迷惑になるとか、そういうことは考えるな。いや、そう思わせる俺が悪いんだが……とにかく迷惑なんて思うことは絶対にないから安心してくれ。どんな些細《ささい》なことでも、重いことでも、なんでもいい。キミが心に秘めていることをちゃんと教えてくれ。……約束するまで離してやるつもりはない。覚悟しろ」

晃さんの愛情が伝わってきて、涙が出てきた。

吉次さんのもとへ乗り込むって決めた時、すごく怖かった。念には念を入れた装備をしたけど、手が震えて、心臓が爆発するんじゃないかってぐらい速くなって……

晃さんに変な顔とポーズを見られたのは恥ずかしかったけど、顔を見た時はこれでもう大丈夫だってホッとした。

そっか、迷惑じゃないんだ……私、一人でなんとかしなくていいんだ……

「……約束したら、離しちゃいますか？」

「ん？」

「これからはなんでも晃さんに相談するって約束したいです。でも、もっと抱きしめていても欲しいです……どうしたらいいですか？」

晃さんは小さく笑うと、耳にちゅっとキスをしてきた。

「抱きしめるだけじゃ足りなくなるかもしれないが、それでもいいか？」

「はい……あ、で、でも……その、下着は絶対見ないで下さいね。画鋲《がびょう》刺してたから、ブラは穴だらけですし、ショーツとお揃《そろ》いじゃなくて恥ずかしいので……」

こんなことなら、ちゃんと着替えを持ってくるんだった。上下揃《そろ》ってない上に、ブラは穴だらけでくたびれている。

しょんぼりしていると、晃さんがクスッと笑う。

「今日は色々あって疲れているだろうから、キスまでで我慢しようと思っていたが……そこまでしてもいいのか？」

あ、あれ!? や、やだ、一人だけすっごいやる気満々みたいで恥ずかしすぎる……！

「……すすすすみません。今のはやっぱりナシに……っ……んっ!?」

唇を深く貪《むさぼ》られ、ソファに押し倒された。

「悪いが、ナシにはできないな。下着を見なければいいのか？　じゃあ、早く脱がして、直《じか》にじっくり見せてもらおうか」

「えっ……あ、あのっ……んんっ……」

晃さんはリモコンで照明を落とすと、キスをしながらあっという間に私を生まれたままの姿にしていく。

「これでいいな？」

「えっ？　ひゃっ……！」

暗くて安心していたのに、晃さんは私のすべてを脱がせるとまた明かりをつけた。

「下着はとったから、後はじっくり見させてもらう」

晃さんは恥ずかしい場所をじっくりと眺《なが》めながら、私を愛していく。

意地悪――……！

と叫びたかったけれど、唇からこぼれる声は結局はすべて喘《あえ》ぎに変わってしまったのだった。

◆◇◆

月曜日、終業後に事情を聞くと言われていた目黒さんは朝からイライラしてた。

「ちょっと、クリックの音、もう少し静かにならないのっ!?　うるさくて集中できないのよっ！」

「あー……えぇっと、すみません」

両隣に座っている、事情を知らない社員がとばっちりを受けて、冷や汗を流しているのが気の毒で仕方がない。

お昼休み前にＳ・Ｉ・Ｓから連絡があって、担当が吉次さんから別の男性に代わることになってからは、さらにイライラが酷《ひど》くなった。

「ちょっと、そのお茶の匂いなんとかならないのっ⁉　不快だわ！」

「ただの緑茶ですけど……」

「私は緑茶が大っ嫌いなのっ！」

朝から八つ当たりを受け続けた社員が応戦しようとしたところ、晃さんが席を立って目黒さんのもとへ向かう。

「目黒、先ほどからキミの苦情は、言いがかりにしか思えない。社内の空気を乱すような言動は慎《つつし》んでくれ」

目黒さんはワナワナ震え、大きな音を立てて席を立った。

「空気を乱す？　それに杉村さんの方じゃないですか？」

えっ！　わ、私？

「なぜそこで杉村が出てくる」

「だってそうじゃないですか！　私、社長と杉村さんが手を繋いで歩いてるところを見ましたよ！　付き合っていらっしゃるんですよね？　だから杉村さんばかりに大きな仕事を任せるんですよね？　トップの人間が公私混同するなんて、どうかと思いますけど！」

社員全員が驚いて、息を呑むのがわかった。

まさかよりにもよって、一番に目黒さんにバレちゃうなんて……！

——私、計算高くて自分勝手な女なんです。人のことよりも自分のことばかり考えてます。

仮面を外して社長に本音をこぼした時の自分の言葉を思い出す。

ああ、私は本当に自分勝手な女だ。自分の立場ばかり考えて、社長の立場なんてまるで考えられていなかった。関係が知られて本当に困るのは、一社員の私じゃない。経営者である晃さんだ。目黒さんのように、他の社員から勘繰《かんぐ》られてもおかしくない。

付き合ってないって、否定しなくちゃ……！

「あのっ……」

「確かに杉村と俺は交際している。だが、一切公私混同などしていない。杉村に大きな仕事を任せているのは、彼女に実力があるからだ」

私が否定する前に、晃さんは関係を肯定した。

否定しないと、晃さんの立場が悪くなっちゃうのに……！

「お言葉ですけど、杉村さんに実力なんてないと思います」

「……どう感じるかは人それぞれだから仕方がないが、俺は実力があって頼りがいのある社員だと思っている。パルファムの案件はコンペで選ばれているし、オーサカテレビはあちらからの名指しの依頼だ。実力がない者は選ばれないし、依頼もこないだろう」

「いいえ？　コンペも依頼も、社長が誤魔化《ごまか》しているだけかもしれないですよね。杉村さんはご自慢の綺麗な顔と身体を使って、男性に媚《こ》びを売るのがお得意のようですから。綺麗だと得ですね。なんでも許されるんですもの。羨《うらや》ましいわ」

頭の血管が、ブツンと音を立てていくつか切れたのがわかった。それと同時に晃さんと二人きりの時以外は被《かぶ》っていた仮面が壊れる音も——

「いい加減にして下さい！　確かに私は社長と付き合ってます。でも色目を使って仕事を取るなんて、してないものはしてないんですよ！　お情けでもらった仕事に尻尾《しっぽ》を振って喜ぶなんて、私のプライドが許さない！　デザインは私のすべてなんです！　それに社長がそんなお情けをかけるような人なら好きになってませんし、社員としても付いてきてません！　社長を侮辱《ぶじょく》するのもいい加減にして下さい！　社長に謝って下さい！」

仮面が粉々に砕け散って、本来の自分が出てきた。もう仮面を被《かぶ》るのは終わりだ。大事な人をけなされて、俯《うつむ》いてなんていられない。

「なっ……」

反論されると思っていなかったのか、目黒さんは目を丸くして言葉を失う。周りも唖然《あぜん》として、誰一人として口を挟《はさ》もうとしない。私はさらに反論を続けた。

「綺麗だと得？　そんなわけないじゃないですか！　小さい頃は誘拐《ゆうかい》されかけるし、好きな男の子と話しただけで身体売ってるとか、男好きだって言われて苛《いじ》めにあうし、電車に乗れば痴漢《ちかん》にあうし、不審者に追いかけ回されるし、ストーカーにあうし……本当にそんな人生が羨《うらや》ましいって思うんですか⁉」

「……な、なによそれ、モテ自慢？」

「自慢なわけありませんよ！　犯罪者にモテても少しも嬉しくありませんから！　私はいつも顔だけが取り柄《え》だよねって言われて、本当にその通りで悩んでて……でも、デザインを見つけました。デザインは顔なんて関係ない。私の顔じゃなくて、生み出した作品で評価してもらえる……私の唯一の誇りなんです。不正なんて絶対にしません！　絶対に……っ」

感情が昂《たか》ぶりすぎて、涙が出そうになる。

泣くな……泣いたら、泣いて同情を買おうとしてると思われるかもしれない。拳《こぶし》を作って、手の平に爪を立てて必死に耐えた。

「目黒、杉村の言う通り、不正に関してはキミの勘違いだ。俺は今までもこれからも、私情で仕事を回すことは一切しない」

「……っは？　……な、なんなの？　私情が絡まないわけないじゃないっ！　こんなのやってられないっ！　私、こんな会社辞めるわっ！　みんなもそう思うでしょう⁉　そうよ。こんな事務所、みんなで辞めましょうよ。後の仕事は実力のある社長の彼女さんが全部やってくれるでしょうし！」

目黒さんは声を荒らげ、みんなにとんでもない呼びかけを始める。

「目黒、いい加減に……」

社長が制するよりも早く、ユキちゃんがデスクを叩いて立ち上がった。

「辞めるわけないでしょぉ⁉　ていうか実力がないってなに⁉　杉村先輩は実力あるしっ！　すっごい努力してるんですぅっ！　杉村先輩はそんなズルしないですし、それに好きな人以外の男にはなびかないんですぅっ！　つい最近入ったばっかのあんたより、ずっと一緒のあたしの方が杉村先輩のことずぅっと知ってますからっ！」

「なっ……あ、あなたねぇっ！」

「会社に入ったばっかで右も左もわからないあたしを、一人前にしてくれたのは杉村先輩なんですぅ！　笑えないミスとかしちゃった時も励ましてくれて、これまで支えてくれたんですぅっ！　みんなだって、杉村先輩がそんなことしない人だって知ってますよねぇっ⁉」

ユキちゃんの呼びかけにみんなが頷《うなず》いて、次はアートディレクターの横田さんが口を開いた。

「俺は入社した時から杉村ちゃん見てるけど、本当に努力家だよ。コンペ前なんて、毎朝、誰よりも早く出社してたし、パルファムの時だってそうだよ。そのかいあって素晴らしい出来だったね。それにコンペで杉村ちゃんを選んだのは社長だけじゃない。俺も選んだよ」

「うん、杉村さんも社長も、そんなことは絶対しないね。長い時間を共にした仲間なんだ。断言できるよ」

「目黒さん、大きな口叩く割に仕事中、いつもSNSばっかしてるじゃん。この間のコンペだって忙しいから～とかなんとかいって、スケジュールに余裕があるのに不参加だったし」

目黒さんに同調する人は、誰一人としていなかった。不正があってもおかしくないって疑われても仕方がないと思っていたのに、全員が庇《かば》ってくれた。

その瞬間――涙がこぼれた。

一人も味方を付けることができなかった目黒さんは、「こんな会社潰《つぶ》れちゃえ！」と言ってそのまま出て行って、翌日からは出社しなかった。後にわかったことだけど、前の会社も人間関係を引っ掻き回して退職に至ったらしい。

◆◇◆

あの騒動から二週間ほどが経った。私は壊れた仮面を捨てて、素顔で生活している。

大人数の前で仮面を外して過ごすのは中学生以来で緊張したけれど、長い間喉《のど》につかえていたなにかが取り除かれて、やっと深くまで呼吸ができるのを感じた。

土曜日——今日は晃さんとドライブデートの約束をしている。

朝早くから準備し始めたのに、「やっぱりこの服じゃない方がいい？」とか「髪型はやっぱりアップよりも下ろした方がいい？」とか悩んでしまって、気が付いたら彼が迎えに来てくれる約束の時間を大分過ぎていたのだ。

「晃さん、迎えに来てくれてありがとうございます。待たせちゃってごめんなさい。準備に手間取っちゃって……」

「構わない。それよりも、いつもと違う格好だな」

「実は新しく買ったんです。ど、どうでしょうか？　私、本当はこういう可愛いファッションが好きなんです。いきなり会社に来ていくのはアレなので、まずは休日から徐々に変えていけたらいいと思うんですけど……」

十人十色——全員が別々の人間なんだから、私をよく思わない人もいる。でもわかってくれる人がいないわけじゃない。

嫌われること、自分を否定されることは、やっぱり怖い。仮面を被《かぶ》っていないと、心が傷付くこともある。

でも、受け入れてもらえることの嬉しさを知ったし、それに……

「ああ、よく似合ってる。……だが、他の者に見せるのは勿体《もったい》ないな。独り占めしたくなる」

大好きな人が傍《そば》にいてくれるから、もう大丈夫……！

粉々にくだけた仮面は残らず集めて、心の宝石箱の中にしまってそっと鍵をかけた。

今までありがとう。もう、大丈夫だよ。

エピローグ　二人暮らし

晃さんと付き合うようになってからというもの、私は外泊が多くなった。

いい年だとはいえ、両親には堂々と『彼氏の家に泊まりまーす！』なんて言えなくて、友達の家に泊まったということにしていた。だけど、私は今まで仮面が剥《は》がれてしまうことを恐れて、友達の家に泊まるというイベントを手で数えるほどしかしてこなかった。それがこう何回も続いていたら、怪しまれる……！

また一人暮らし始めちゃおうかなー……でも、ストーカーとか不審者が怖いから、セキュリティがばっちりなところにしないと！　と、不動産雑誌と睨《にら》めっこしていたところ……

「それなら俺の家に引っ越してくればいい。ちょうど使っていない部屋もあるし、ここならセキュリティも万全だ。女の一人暮らしよりも男と暮らしている方が安心だろう」

と、晃さんが誘ってくれたのだ。

「で、でも親にどう嘘をついて出てくればいいか……」

「嘘をつく必要はない。俺が一緒に挨拶《あいさつ》へ行って許可を取る。前々からご挨拶《あいさつ》したいと思っていたからちょうどいい」

真剣に付き合ってくれているんだということがわかって嬉しい反面、うちの両親は割とお堅いし、結婚前に男の人と住むなんて許してもらえないんじゃ……と不安を抱えながらも晃さんを紹介したところ、あっさりＯＫが出た。

「莉々花は不審者やストーカーにあうことが多かったから、男性恐怖症になっているんじゃないかと心配したけれど……こんな立派な人とお付き合いしていたのね。よかったわ……なんでもっと早く紹介してくれなかったの⁉　お母さん、本当に心配してたんだからねっ！　はー……よかった」

「一人暮らしなら色々と心配だったが、君島さんのようにしっかりした人と一緒に住むのなら心配ないな。会社からも近いのか？　じゃあ通勤時に不審者にあう心配も少なくなるわけか」

心配かけてるなぁとは思ってたけど、私の想像を上回る苦労をかけていたようだ。申し訳ない気持ちと感謝の気持ちでいっぱいになる。

そんなこんなで、善は急げということで、挨拶《あいさつ》の翌週には引っ越しを済ませた。

「んっ……ぁ……っ……あ、晃さん……だめ……っ……ま、待って下さい……こ、こんなところでなんて……っ……ぁん……」

寝る前に晃さんの歯ブラシと自分の歯ブラシが並んでいるのを見て、好きな人の家で好きな人と一緒に住む——夢みたいだと口走って頬《ほお》を抓《つね》っていたら、『痛みよりも、もっと別の感覚で現実であるかどうか教えてやろう』と言われて、洗面台で彼に抱かれていた。

洗面台にある大きな鏡には、左足を大きく持ち上げられて、うしろから貫かれる私のあられもない姿が映し出されている。

胸元をずり下げられたキャミソールからは胸がこぼれて、ショーツと一緒に脱がされたショートパンツは右足首にひっかかってる。

貫かれるたびに揺れる胸、彼の指が割れ目の間を往復する様子——こんなの恥ずかしくて見たくないのに、鏡から目を離せない。

……本当は私、見たいと思っちゃってるの？

グチュグチュいやらしい音を立てて、繋ぎ目から掻き出された愛液が床にどんどん垂《た》れていく。

「現実だとわかったか？」

頷《うなず》くと濡れた指で割れ目をクパリと広げられ、自分でもよく見たことのない場所が鏡に映し出された。

「やっ……ひ、広げちゃだめですっ……わ、わかりました……わかりましたから、もう、やめ……」

こんな姿を見せるのはやめて……

そう言いたかったのに、晃さんは動きそのものを止めてしまう。

「あ……ど、どうして……」

「やめて欲しいんだろう？」

確かに言葉が足りなかったし、そう取られてもおかしくないかも……

「そ、そうじゃなくて……」

チラリと鏡越しに晃さんの顔を見ると、とても意地悪な顔をして笑ってる。

あ、あれ⁉　わかってるよねっ⁉

「そうじゃなくて？」

「もう、晃さん……っ！」

振り返って怒ると、深いキスをお見舞いされてふたたび突き上げられるものだから、なにも言えなくなってしまう。

「すまないな。いつも仕事でなかなか一緒にいられないから、これからはキミと過ごせる時間が増えると思ったら……浮かれずにはいられない」

唇を離すと、晃さんは照れくさそうにそう呟《つぶや》いた。

「私も……嬉し……っ……嬉しい、です……」

とろけた唇をなんとか動かして気持ちを言葉にすると、さらに激しく突き上げられてしまう。

「あっ……あっ……は、激し……んっ……あ、晃さん……激しいの、だめぇ……っ」

「……まずいな。可愛くて、歯止めが利かない。当分無理させてしまうかもしれないが、許してくれ」

「ええっ!?　そ、そんなの無《む》……っ……ぁ……あぁっ……！」

どうしよう！　と思いつつも溢《あふ》れんばかりの幸せで、胸がいっぱい——

一人暮らしでの心配はなくなったけど、二人暮らしならではの心配ができた……かも？　なんてね。

二十四歳の誕生日に、花嫁修業としてお茶を習うよう母から命じられた織江。
しぶしぶお稽古先に向かうと、そこには和服姿のイケメン男性が…！
この人が先生!?　と驚く織江だったが、さらに先生が結婚前提の付き合いを迫ってきて…!?

B6判　定価：640円＋税　　ISBN 978-4-434-21270-3

七福さゆり（しちふく さゆり）
北海道在住のフリーライター。二匹の愛犬と過ごす時間と味噌ラーメンを食べている時間が至福のひととき。

「妄想貴族」
http://ameblo.jp/mani888mani/

イラスト：朱月とまと

誘惑《ゆうわく》コンプレックス

七福さゆり（しちふく さゆり）

2015年 12月25日初版発行

編集ー斉藤麻貴・宮田可南子
編集長ー塙綾子
発行者ー梶本雄介
発行所ー株式会社アルファポリス
〒150-6005 東京都渋谷区恵比寿4-20-3 恵比寿ｶﾞｰﾃﾞﾝﾌﾟﾚｲｽﾀﾜｰ5F
TEL 03-6277-1601（営業） 03-6277-1602（編集）
URL http://www.alphapolis.co.jp/
発売元ー株式会社星雲社
〒112-0012東京都文京区大塚3-21-10
TEL 03-3947-1021
装丁イラストー朱月とまと
装丁デザインーansyyqdesign
印刷ー中央精版印刷株式会社

価格はカバーに表示されてあります。
落丁乱丁の場合はアルファポリスまでご連絡ください。
送料は小社負担でお取り替えします。

ISBN978-4-434-21438-7 C0093